DENTRO DE UM NOME

R.A. FISHER

Tradução por

JORDANA SILVA

Publicado em 2021 por Next Chapter

Capa de CoverMint

BIOGRAFIA

R.A. Fisher vive em Hiroshima, Japão, com sua mulher e filho de cinco anos desde 2015, onde ocasionalmente ensina inglês, escreve, e finge aprender japonês. Antes disso, viveu em Vancouver, Canadá, onde trabalhou na indústria de cerveja e na maior parte das vezes, apenas se limitava a ficar brincando, entrando em problemas e comendo comida tailandesa. Foi o quarto colocado no concurso literário do The *Vancouver Courier* com o conto "The Gift", que apareceu nesse jornal em 20 de fevereiro de 2009. Seu romance de ficção científica *The God Machine* foi publicado pela Blue Cubicle Press em 2011, e *The Kalis Experiments,* o primeiro livro da *Trilogia Tides*, foi lançado pela Next Chapter em agosto de 2019.

AGRADECIMENTOS

Obrigado, Tomomi, por tudo (literalmente). Obrigado, Beckett, por saber quando eu precisava de uma pausa. Você nunca será esquecido.

Agradeço ao 3 Day Novel Contest, por ter me obrigado a escrever o primeiro rascunho deste livro durante um fim de semana.

CAPÍTULO UM

O SAPATO GASTO DE RANAT TOTZ FEZ UM BARULHO molhado quando ele espetou o cadáver com o dedo do pé. O som mal era audível por cima do suave tamborilar do chuvisco.

Ele olhou ao redor. Em algum lugar, além das nuvens baixas e escuras, o sol percorria seu caminho no horizonte. As pessoas já se amontoavam na estreita rua atrás dele. Cedo assim, eram comerciantes e mercadores com seus servos e aproveitadores a reboque, movimentando-se na Alameda da Graça, de olho nas carroças puxando rolos de tecido ou madeira ou peixe defumado, ou qualquer outra coisa que pudesse ser vendida nos mercados. Com as mentes na riqueza, na sua acumulação, ou na falta dela. Dromedários que cuspiam e tossiam puxavam as carroças, acertando e grunhindo a qualquer um que chegasse perto demais. Mendigos da Orla passavam entre os nós de mercadores, seus pedidos atravessando o ruído e o barulho da rua: — Dinheiro? Teêm dinheiro? Um três lados? Um disco? Até uma bola? Uma bola de cobre? Um gole do seu barril, ali?

Aqueles sons eram uma música familiar para os velhos

ouvidos de Ranat, mas a última pergunta, que chegou a ele antes de o zurro de um dromedário descontente cortar a voz, fez com que sua boca ficasse cheia de água. Não que ele alguma vez tivesse recorrido a implorar a comerciantes. Eles não eram conhecidos por se separarem de sua bebida ou dinheiro. Mesmo assim, ele gostaria de uma bebida.

Ele deu outra olhadela furtiva e passou um dedo longo e desgastado pela linha do maxilar, sentindo o emaranhado de fios pontiagudosde aço da sua curta barba branca. Um tremor, o primeiro do dia, estremeceu através dos seus dedos, assumindo uma vida própria ao esvoaçar pelo seu braço. Sim. Uma bebida seria bom.

Ninguém estava prestando atenção em Ranat, onde ele pairava à beira da escuridão criada entre dois cortiços tortos sem janelas, e ninguém, a não ser ele, tinha visto o cadáver até agora, obscurecido por um saco de tecido rígido e grosseiro comido pelas traças, que tinha sido jogado sobre o corpo, mas que não tinha conseguido cobri-lo completamente.

Ele se agachou sobre a figura e puxou o mantoa mortalha de estopa para poder ver melhor. O beco era pavimentado aqui, mas perto da Orla e revestido com lama preta escorregadia da largura de um dedo, agarrando-se a qualquer coisa que se afundasse nela. Alguns passos mais à frente, um suave arroto baixo ressoouroncou do chão. Uma válvula bronze ligada à Máquinas da Maré começou a suspirar vapor branco espesso. A nuvem quente passou sobre Ranat por um momento antes de uma mudança sutil no ar, invisível e não sentida afunilar para cima num tornado lento, onde desapareceu no eterno teto cinzento que pairava sobre a cidade de Fom.

Era um homem. Com o rosto virado para baixo. Cabelo preto com algumans mechas grisalhastraços de prata. Rico. Algum oficial da Igreja, embora o que ele estava fazendo aqui na borda da Orla antes do amanhecer fosse uma pergunta interessante.

Ranat respirou fundo, prendeu o ar, e o soltou. Forçou as mãos a pararem de tremer. Depois, começou a trabalhar. O casaco era bom — pesado, de couro cinza claro coberto com uma camada de cabelo branco fino. Ele o retirou pelos ombros do homem morto e o experimentou, limpando sem sucesso a lama que estava na parte da frente. Coube nele. Um pouco grande, mas Ranat não se ia queixar disso. As botas também eram melhores do que as que ele usava agora, mas grandes demais. Mesmo assim, ele as pegou e empacotou no pano úmido de estopa que tinha escondido o cadáver. Ele conhecia um cara na arena que pagaria em dinheiro pelo couro se não conseguisse encontrar outro comprador para elas.

Ele reprimiu um tremor ao virar o corpo, e a lama fez um som suave e de sucção enquanto se agarrava ao peito, coxas e rosto do homem. O corpo era rechonchudo, mas a lama pastosa mascarava todas as outras características, exceto a cor do cabelo dele. *Apenas mais um corpo*, disse ele a si mesmo. Não havia razão para ser diferente dos que ele normalmente roubava, exceto que este ainda não estava enterrado.

A camisa do homem estava preta com sangue velho, onde não estava enrugada da lama. Havia um corterasgo logo abaixo do coração, do tamanho do polegar de Ranat. Ele estremeceu de novo, olhando para as manchas no seu novo casaco. Apenas manchas de lama, ele disse a si mesmo, olhando para elas, não muito de perto, nas sombras do beco. Apenas lama.

O ruído baixo de metalestanho enquanto ele rolava o corpo o tinha feito parar, e agora ele via o que o causou: uma pochete de aparência pesada, outrora elegante, cheia de moedas. Então, ele não podia estar aqui deitado há mais do que algumas horas, mesmo sendo tão cedo pela manhã. Alguém teria levado o dinheiro. Merda, pensou Ranat. Uma hora nesta parte da cidade já era muito. Estava mais para vinte minutos. Ele sentiu o pânico subir pelo estômago, com certeza alguém devia estar o observando, e se levantou para verificar novamente a rua, mas no meio da multidão de pessoas, ele ainda estava sozinho.

Dinheiro. Ele tinha tido sorte. A bolsa inchou enquanto ele acariciava o fecho que a prendia ao cinto do homem morto. Não só bolas e discos, mas também três lados. Ranat poderia beber durante um mês. Talvez mais, se ele se controlasse e só bebesse vinho quente.

Seus dedos longos hesitaram sobre a fivela do cinto que ele tentava soltar quando seu olhar parou em cima dele pela primeira vez. Ele sugou uma pequena respiração que passou sibilando através da abertura dos dois dentes superiores da frente que faltavam. Mesmo através da lama gordurosa e salgada, ele podia dizer que a fivela era preciosa. Cristais — ou eram diamantes? — apareciam através das lacunas de lama preta onde os dedos desajeitados de Ranat a tinham raspado. Outras pedras preciosas, verdes e amarelas, formavam um formato angular e estilizado de uma fênix, com um único rubi quadrado servindo como olho do pássaro. Tudo estava preso no metal da própria fivela. E não era apenas cobre ou bronze. A coisa segurava o peso cinzento e escuro do ferro.

Ranat acabou de puxar e soltar o cinto e o empacotou com as botas. Ele deu tapinhas no resto do corpo. Num bolso estreito no interior da coxa, encontrou uma carta, com pedaços de um selo de cera preta quebrado ainda presos a ela. Uma das bordas estava marcada e manchada de sangue escuro. Seu coração acelerou com a excitação, mas ele resistiu à vontade de ler. Era melhor esperar até que ele saísse da chuva. É melhor me afastar deste maldito cadáver antes que alguém o visse em cima dele e tivesse a ideia errada.

Ele deu alguns passos na direção da Alameda da Graça, parou, e voltou para o beco. Ele se agachou uma última vez, desta vez para limpar a lama no rosto do morto com um punhado de trapos encharcados que estavam amontoados em uma porta próxima. A enorme riqueza do homem morto era espantosa, mais ainda por onde ele estava no fim, e Ranat esperava reconhecer os traços redondos e suaves, mas ao limpar não havia nada de familiar no rosto.

— Bem, — disse ele a si mesmo. — Tenho que dar o fora daqui.

Ele pisou novamente na Alameda da Graça e atravessou até as ruas sem nome, ainda fazendo o seu melhor para fingir que as manchas irregulares e escuras nas lapelas do seu novo casaco eram da lama. Ele levantou com esforço o saco com as botas e o cinto sobre o ombro, e a cada poucos passos ele verificava para ter certeza de que a bolsa de dinheiro ainda estava segura debaixo da sua camisa de linho puída. Ele teria que se livrar das botas e da fivela em breve, porque ele não queria carregá-las por aí, mas primeiro, precisava de uma bebida.

Nobre senhor,

Por favor, considere isso um convite para discutir a nova situação de uma forma mais informal. Embora me encontre concordando com relutância quanto à maioria dos detalhes, há alguns pontos que eu gostaria que você considerasse.

Reservei uma cabine no Marquês do Corvo pelo resto do dia, onde espero que me agracie com sua sabedoria.

Com o maior respeito,
Seu servo na Graça

Ranat esvaziou seu copo e o colocou entre os que estavam vazios alinhados na borda da mesa deformada, uma construção inclinada de madeira levada pela correnteza e antigos paletes estilhaçados, encaixados e colocados com aparente aleatoriedade, junto de outros móveis semelhantes, dentro do porão a que todos se referiam como "o bar".

Ele deu um longo gole no copo seguinte — o oitavo em cima da mesa e o último a ser esvaziado — e examinou o que restava do selo de cera, grato pelo tremor nas suas mãos ter desaparecido.

Cera negra. A imagem de uma árvore, uma lua crescente pendurada sobre ela, algum tipo de criatura sentada entre as raízes estilizadas. O suficiente tinha quebrado para manter o tipo de animal que era — algum que tivesse galhadas ou chifres — um mistério.

Ranat leu a carta novamente, apreciando as formas das palavras enquanto passavam por seus olhos. Ele não compreendeu o que ela estava dizendo. Ele nunca tinha ouvido falar do Marquês do Corvo. Mesmo assim, foi uma leitura mais interessante do que os habituais manifestos e listas de expedição que ele acabava recolhendo na maior parte do tempo.

No entanto, a nota explicava algumas coisas. Quem quer que tivesse sido o cadáver, ele tinha andado tramando alguma coisa. Um oficial da Igreja, talvez, tentando fazer algum negócio extra. Algo suspeito. Algo que tinha dado errado depressa, e deixado o homem com o corpo jogado num beco desconhecido em Fom, esfaqueado no coração.

— Devia ter se preocupado com a droga da sua própria vida, — resmungou Ranat, olhando para o papel mais uma vez antes de voltar a dobrá-lo e o enfiar no bolso do seu novo casaco.

— O que foi isso? Merda, Ranat, acho que esse sangue não é seu, ou estaria desmaiado com sete cervejas e meia dentro de você.

Ele olhou na direção da voz. Ele tinha ficado concentrado na carta por mais tempo do que tinha pensado. O bar estava cheio com o cheiro dos vagabundos que estavam lá quando ele chegou, o chão de serragem estava quase escondido através da massa de pernas, e as paredes de pedra sangravam umidade de uma centena de respirações impregnadas de álcool. Luz se infiltrava pela porta da frente, solta e torta na sua moldura, era um amarelo aguado das lâmpadas brilhantes em vez do cinzento aguado da luz do dia. Em algum lugar, além do nublado arenoso, o sol tinha se posto.

Quem falava era uma mulher marcada com imperfeições, magra, com olhos afiados e claros, e um rabo de cavalo em um cabelo cor de areia que parecia ter sido feito há semanas e ignorado desde então. O rosto dela era enrugado e esburacado, como uma mulher velha drenada da sua beleza, embora Ranat soubesse que ela não tinha nem metade da sua idade. A vida nos túneis da Orla era cruel, mesmo para aqueles a quem era gentil.

— Não é sangue, Gessa. É lama. — Ranat gesticulou para a cadeira em frente a ele, onde seus copos vazios abarrotavam a mesa.

Ela balançou a cabeça. — Não tenho dinheiro para cerveja hoje à noite. Fico surpresa que você tenha. — Ela olhou para os copos vazios. — Nem rum, nem vinho quente, mas sim cerveja. — Ela fez uma pausa. — Oito delas. Até agora.

Ranat encolheu os ombros. — Fiz um achado. Se quiser alguma coisa, é por minha conta, pelo menos uma vez. — Ele deu um sorriso para ela, mostrando os dentes que faltavam. — Mas não espere essa oferta em breve novamente. Se eu fosse você, aceitaria.

— Um *achado*? De quem é o túmulo que você desenterrou agora? Do duque anterior? Do maldito arcebispo em pessoa? — Mas enquanto falava, ela puxou a cadeira, franziu o cenho quando balançou debaixo dela, e empurrou os copos vazios para o meio da mesa.

— Nenhum túmulo, desta vez — disse Ranat. — Embora ele não estivesse menos morto por falta de um.

Ele acenou para o garçom, um garoto de nove ou dez anos, com uma cicatriz áspera e violenta que atravessava sua cabeça raspada da sobrancelha direita até aà nuca. — Mais cinco cervejas. E uma para a minha amiga. — Ele mexeu dentro do casaco e puxou uma moeda triangular, um pouco menor que a palma da sua mão, estampada com o relevo de um velho sério de um lado e uma lua crescente e um sol estilizados do outro. — E continue trazendo, — acrescentou ele ao jogar a moeda na direção do rapaz, que acenou com a cabeça e desapareceu entre a massa de pessoas indo até o bar.

Os olhos de Gessa estavam arregalados. — Um três lados? Você *fez* um achado, não foi?

Ranat coçou sua barba maltratada e sorriu. — Te falei. Parece que algum pobre bêbado de alguma propriedade se meteu em algo que não conseguiu lidar. Se me perguntar, eles devem ficar atrás dos seus portões onde possam se sentir superiores e seguros. É perigoso na cidade. Já ouviu alguma coisa sobre isso?

— Quer dizer alguém importante que apareceu morto? — Ela encolheu os ombros. — Não. Pelo menos, ainda não. Sabe quem ele era?

— Não. No entanto, encontrei algumas botas. Grandes demais para mim. E um casaco. Ah, sim. E isto. — Ele alcançou debaixo da mesa e dentro do saco e remexeu no fundo até que os dedos se fecharam à volta do cinto cheio de lama. Ele o puxou para fora e empurrou pelos copos vazios.

Os olhos de Gessa ficaram ainda maiores. A expressão dela era quase cômica. Dois olhos gigantescos como pratos brancos e azuis sobre um rosto estreito e amassado, pratos que se preparavam para secar. — Caramba — disse ela baixinho enquanto pegava a fivela e sentia o peso dela. — Ferro?

— Parece que sim. Sem falar das pedras. Reconhece o trabalho?

— Não, — disse ela sacudindo a cabeça. — No entanto, deve ser alguém da Igreja. Ninguém mais pode se dar esse luxo. Bem, talvez um dos mercadores. Onde encontrou o corpo, se ele ainda não estava enterrado da maneira que você gosta?

Ranat ficou carrancudo, mas ignorou o comentário. — Bem ali. A algumas ruas da Orla. Amontoado em um beco.

Gessa acenou com a cabeça. — Acho que ele não estava fazendo nada de bom, então. Ainda assim, que idiota. Se vai fazer negócios na Orla, pelo menos se vista de acordo. Vindo vestido assim para a favela, alguém vai te esfaquear.

Ele arrancou o cinto das mãos de Gessa bem quando o garoto voltou com outra bandeja com cervejas e lutou para encontrar espaço para elas na mesa já lotada.

Ranat falou ao redor dos braços do garoto. — Sim, foi o que eu pensei, mas ele não foi esfaqueado pelo dinheiro. Quem quer que o tenha matado, só o queria morto. Isso também é esquisito. Se vai matar alguém assim, pode pelo menos fazer com que *pareça* um assalto.

— Sabe onde vai se livrar disso? — Pperguntou Gessa, ignorando o garoto, que tinha juntado todos os copos vazios na sua bandeja e estava agora à espera de uma pausa na multidão para levá-los de volta para a cozinha.

— NaMeh. Acho que posso levar as botas para Han. Mesmo que ele não as queira, ele ainda me deve por aquela vez que tirei metade do seu inventário daquele incêndio. Não tenho certeza sobre o cinto. Não conheço ninguém que tenha esse tipo de dinheiro sobrando para pagar adiantado por algo assim, e não tem chance de eu aceitar menos do que ele vale. Merda, mesmo sem as pedras, o ferro vale tanto quanto o saco de dinheiro que o pobre bastardo tinha com ele.

Gessa mastigou o lábio em silêncio por um minuto. — Eu conheço um cara, talvez.

— Algum contrabandista da Orla?

— Não. Ele é legítimo. Paga os Impostos da Salvação e tudo mais.

Ranat franziu as sobrancelhas. — Então, porque ele faria negócio comigo?

— Ele sabe que pode te pagar menos do que aquela coisa vale, e mesmo assim você vai embora feliz porque é mais do que vai conseguir em qualquer outro lugar.

— Negócios primeiro, fé depois, não é? — Pperguntou ele com sarcasmo.

Gessa encolheu os ombros. — Não é sempre assim que funciona?

— Então, acho que você vai querer uma parte, se me disser onde esse cara está.

Ela sorriu, revelando dentes da mesma cor que o chão de serragem. — Trinta por cento?

— Haá!

— Está bem, então. Não precisa ficar assim. Que tal quinze?

Ranat riu, e desta vez foi genuíno. — Merda, mulher. Vou fechar em dez, e te dar uma ou duas lições sobre pechinchar, já que parece ser tão ruimmá nisso.

Gessa franziu a sobrancelha, mas conseguiu tornar a expressão amigável. — Certo. Dez. Mas está em dívida comigo.

O sorriso dele não sumiu. — O que quer dizer? Eu já te comprei uma cerveja.

Já era tarde quando saíram do bar sem nome, lá fora estava frio o suficiente para condensar o chuvisco constante numa chuva leve.

— Suponho que este seu comerciante misterioso não trabalha à noite, — murmurou Ranat, virando o colarinho contra o frio.

— Não, — disse ela, e pareceu que ela ia acrescentar algo mais, mas ficou calada.

— Bem, — disse Ranat após um momento. — Não adianta ficar de pé na chuva. Minha casa não é longe daqui, você sabe disso. — Ele olhou para ela.

Ela sorriu um pouco. — Sim, eu sei. Vamos.

Eles fizeram o caminho através das ruas estreitas e sinuosas de Fom. Após um quarteirão, edifícios de dois e três andares de pedra calcária e ruas estreitas pavimentadas deram lugar a barracos de um andar de madeira levada pela correnteza e becos ainda mais estreitos de lama. Aqui e ali, válvulas ocultas da Máquinas da Maré abriam com cliques suaves, e o excesso de vapor assobiava das aberturas e tubos de cobre que se projetavam das bases das paredes. Estas também cederam quando atravessaram para a Orla, e tochas tremeluziam e a luz oleosa e tênue dos lampiões de óleo substituíram as lâmpadas que brilhavam amarelo.

A Orla era o que todos chamavam de o quadrante noroeste de Fom — uma densa coleção de barracos e cabana, amontoados ao longo dos penhascos e apoiados nas plataformas em decomposição que revestiam a face calcária, até à linha da maré alta e das ondas violentas. A maior parte da Orla estava sob seus pés agora, no labirinto de túneis, cavernas, pedreiras e tumbas esculpidas na rocha que, em outras partes de Fom, foram preenchidas com os equipamentos da Máquinas da Maré que alimentavam a cidade.

Gessa era uma nativa da Orla, nascida e criada, e Ranat

sabia que ela era mais do que capaz de navegar no labirinto tridimensional que se encontrava abaixo deles. Ele suspeitava que, tal como a língua, era necessário um conhecimento de infância para se tornar fluente. Ele tinha vindo para cá há cinquenta anos e ainda temia descer nos túneis sem um guia.

A casa de Ranat ficava na superfície, no porão de um cortiço ilegal de um andar, perto o suficiente para ouvir o barulho constante do mar. Uma pilha de vigas de madeira mofada que parecia não servir a nenhum outro propósito escondia a entrada do seu quarto, a porta era mantida fechada por uma simples fechadura de cerâmica.

Ele entrou primeiro e fez Gessa esperar do lado de fora, enquanto ele caminhava na ponta dos pés entre as pilhas de livros, cartas e pedaços de papel até o lampião de óleo preso na parede, que ele acendeu com um pedaço de sílex pendurado ao lado em um barbante. As janelas altas sem vidros ao longo do teto, com apenas um palmo de espessura, não deixavam entrar nenhuma luz de verdade, mesmo durante o dia, e eram cobertas por cobertores pesados e mofados de pelo de dromedário para impedir a entrada de um pouco da umidade.

Gessa pairou na porta, olhando ao redor da sala com a luz fraca e cintilante. O chão e as paredes eram esculpidas em pedra calcária, cortadas a partir do alicerce onde Fom ficava. O teto era de madeira, marrom e inacabado, deformado pela umidade implacável. Vigas de apoio nuas brotavam das paredes e suportavam a carga do piso que afundava por cima.

Em um canto, sob a lâmpada, um monte de cobertores e trapos indicavam a cama de Ranat. Prateleiras improvisadas de madeira levada pela correnteza e tijolos cobriam o resto do quarto, abarrotados de livros velhos, cartas e pilhas de papel.

Mais livros e documentos estavam amontoados pelo quarto. Apesar da aleatoriedade, ela suspeitava de que havia uma organização no lugar que fazia todo o sentido na mente de Ranat Totz.

— Dentro ou fora, — declarou ele. — Eu quero fechar a porta.

Gessa entrou e fechou a porta atrás dela. — Vejo que não mudou muito as coisas desde a última vez em que estive aqui, — ela brincou, procurando um lugar para se sentar. Seus olhos pousaram em um banco torto, e ela moveu a pilha de papel que oa ocupava antes de se sentar, colocando a pilha entre as outras espalhadas pelo chão.

— O que há para mudar? — Ele tirou a carta que tinha encontrado no corpo de dentro do casaco, deu outra olhada nela a arquivou em uma das prateleiras.

— Porque você tem tudo isto, afinal? Merda, você ao menos sabe ler?

Ranat sentou na sua pilha de trapos com um gemido. — Você não me perguntou isso da última vez que esteve aqui?

— Sim.

— E o que eu disse?

— Disse que essa era uma história para outro dia.

Ele resmungou enquanto ria. — Mesmo? Essa é uma resposta de merda. Mas parece algo que eu diria.

Gessa não se deu ao trabalho de responder.

— Então, — continuou Ranat. — Quer saber, ou quê? E para responder à sua pergunta, sim, eu seiposso ler.

— Você foi criado em um templo?

Ele a encarou, mas podia dizer que ela estava sendo sincera. — Suponho que é uma pergunta justa. Não, eu não era um garoto do templo. Cresci em um vinhedo.

— Seus pais eram viticultores?

— Haá! Essa é boa. Você acha que eu viveria assim? Não.

Servos endividados. Eu ainda estaria lá se não tivesse fugido. Estaria lá ou morto.

— Isso não fez apenas a dívida dos seus pais aumentar, o filho deles fugindo daquela maneira?

Ranat encolheu os ombros, desviou o olhar dela, se focou em nada. — Eu era jovem. — A voz dele ficou suave.

Gessa limpou a garganta e gesticulou ao redor. — Então, como é que isso explica tudo isto?

Ele olhou para ela. — Eu tinha, — inferno, eu não sei, — nove anos, talvez. Dez. Percebi que não conseguia imaginar passar o resto da minha vida colhendo uvas. Tive essa ideia de aprendeme ensinar a ler, por isso comecei a roubar livros do mestre do vinho. No que quer que eu pudesse colocar as mãos. Manifestos, documentos de contabilidade. Algumas escrituras da Igreja. Direito. Não importava. As palavras eram o que me fascinavam. Que todos aqueles arranhões na página significavam alguma coisa, e quando eu os juntava, eles significavam outra coisa. Eu não conseguia superar isso. Acho que aprendime ensinei a ler com pura força de vontade. Eu precisava saber como todos aqueles símbolos funcionavam juntos.

— Depois de um tempo, ficou mais fácil. Ouvir conversas entre o mestre e seus contadores me ajudaram a superar as dificuldades. Depois que saí e vim para a cidade, descobri que havia outras línguas por aí. N'naradin eu tinha dominado na vinha. Agora, eu tinha Skald, Valez. Outros quebra-cabeças para resolver. — Ele parou, olhou ao redor de sua casa. — Acho que fiquei empacado.

— Você também sabe ler Skald e Valez? — A voz dela era incrédula.

Ranat riu, mas o som era triste. — Não, mas esse era meu plano. Depois descobri a garrafa. Meio que perdi minha motivação depois disso.

— E o roubo de sepulturas? — Pperguntou Gessa.

Ranat fez uma careta, mas, mais uma vez, não detectou qualquer malícia ou repugnância na voz dela. Apenas curiosidade. Mesmo assim, ele não conseguiu encontrar o olhar dela. — Sepulturas são de domínio público, — declarou ele como se isso resolvesse as coisas. — É fácil o suficiente de encontrar onde eles colocam os de alto escalão, se você souber ler.

— Isso não responde à pergunta.

Ele suspirou, olhando para ela novamente. Ela não parece assim tão velha, pensou ele. Ele se perguntou como tinha ficado com a impressão de que ela era. — Não? Bem, a vida é difícil para uma criança recém-chegada à cidade. Sabendo ler ou não. Eu era orgulhoso demais para implorar paracomo aqueles pobres bastardos na Alameda da Graça. Bom demais para roubar.

— Você rouba dos mortos. — Mais uma vez, nenhuma malícia narodeava voz dela. Foi apenas uma observação. Ela não percebia como isso poderia soar.

Em todo caso, era uma briga que ele tinha ganho de si mesmo há muito tempo. — Não se pode roubar daqueles que não precisam de nada, Gessa.

Ela não disse nada sobre isso.

Ele a estudou. Foi a vez dela de evitar seu olhar, e seus olhos vagaram pelo quarto, olhando para tudo o que não fosse ele. Não, pensou ele. Nem um pouco velha. Apenas... desgastada. Como se ele pudesse reclamar disso.

— De qualquer forma, você pode passar a noite aqui. Se quiser.

Como resposta, ela atravessou o quarto na direção dele e apagou o lampião.

CAPÍTULO DOIS

Sua cabeça latejante o acordou. Ele tentou abrir os olhos, os encontrou com sono demais, esfregou-os, e tentou novamente. Eles abriram novamente para revelar fissuras, luz intensa emanando através das cortinas de veludo. Mesmo no entardecercrepúsculo do porão, o fogo ardiaeu de seus olhos até a parte de atrás da sua cabeça. Ele gemeu e se sentou. Sua cabeça martelavaMartelos acertaram seu crânio.

Ele fechou os olhos, e após alguns minutos, tentou novamente. Foi melhor desta vez. Seu quarto estava embaçado, mas menos desbotado do que antes.

Gessa tinha sumido. Ele engoliu sua decepção com isso. Na outra vez que ela tinha passado a noite, tinha feito a mesma coisa. Ele percebeu que esperava que fosse diferente, agora, depois de ter se aberto daquela maneira. Mesmo assim, o que ele esperava? Para começar, ele era um velhote com dentes faltando e um maldito ladrão de túmulos. Devia estar contente por ela ter passado a noite em primeiro lugar.

E ela tinha cumprido sua parte na barganha, ele viu enquanto ficava de pé, instável. No banco, onde ela tinha sentado na noite anterior, estava um pedaço de papel. Ela tinha desenhado no verso de uma de suas cartas — uma página de um manifesto de navegação de doze anos atrás de um barco chamado o *Imortal*, ele notou com uma carranca. Um mapa rabiscado da parte de Fom ao redor do Salão dos Sábios, a própria catedral marcada com um esboço torto de um sol e uma lua crescente, e um local a um quarteirão ao norte marcado com um pequeno "x" que ele presumiu ser o vendedor.

Bem, ele voltaria a vê-la quando ela viesse para ser paga, de qualquer forma.

Ele suspirou. Mesmo com o Salão dos Sábios marcado como referência, levaria uma eternidade para encontrar o cara que ele estava procurando. Ele fez uma careta para os rabiscos mal feitos do mapa. Ele nem sequer sabia o nome do vendedor. Ranat esperava que ele fosse o único comerciante do quarteirão. Ele não pensou nas consequências de pedir à pessoa errada que comprasse um cinto saqueado de um homem morto.

Ele vasculhou o quarto, procurando por roupas que não cheirassem a suor e bebida e, como não conseguiu, vestiu a mesma camisa de linho esfarrapada e a calça esfarrapada que tinha usado na noite anterior. Pelo menos seu casaco era bonito, a não ser pelas manchas.

O vendedor foi mais fácil de encontrar do que Ranat esperava. O mapa de Gessa tinha sido fiel às curvas das ruas de Fom, e o lugar do vendedor era de fato a única loja desse tipo, espremida entre uma fileira de escritórios de contabilidade e firmas de advocacia.

As nuvens estavam altas quando ele saiu de casa no final da manhã; ele quase ousouara esperar que um raro vislumbre do sol evaporasse o resto da sua ressaca, mas, enquanto caminhava, o céu ficou encoberto novamente até que pareceu roçar os topos das cúpulas de cobre que marcavam os bairros ao redor do Salão dos Sábios. A chuva tamborilava nas ruas, que eram bem cuidadas aqui, sem lama. Os ventiladores simples de cobre que lançavam vapor em outras partes de Fom foram estilizados aqui como rostos de querubins e demônios, a névoa saindo de suas bocas e narizes antes de desaparecerem no ar frio e enevoado. Os cidadãos deste bairro eram limpos e olharam para Ranat de soslaio, enquanto ele cambaleava, cortesia da ressaca.

A tinta no mapa de Gessa começou a escorrer na chuva, e ele precisava parar nas portas a cada poucos quarteirões para olhar para ele, tentando distinguir a forma das ruas.

Mas este deve ser o lugar. Uma escada larga e desgastada, feita do mesmo calcário derretido com a qual a maior parte da cidade foi construída, subia três pequenos degraus até uma porta larga. Os degraus e a porta estavam encaixados debaixo de um amplo toldo, entupido com roupas em cabides e prateleiras cheias de cerâmica. Dentro havia mais do mesmo e, atrás do longo balcão, toras grossas revestiam a parede com espadas de bronze e cerâmica, machados e facas alojados sem organização óbvia.

Ranat estudou novamente o mapa, disse a si mesmo que estava apenas enrolando, e se aproximou do balcão.

O homem que o cumprimentou com um aceno de cabeça era jovem apesar da cabeça careca, que ele tentou disfarçar com algumas madeixas de cabelo preto puxadas de lado. Ele não era gordo, mas "corpulento" também não lhe fazia justiça.

Ranat nunca tinha feito negócios com um comerciante que permanecesse sujeito às leis da Igreja, e ele não tinha certeza da etiqueta, se é que havia alguma. Ele olhou à sua volta, mas não haviam outros clientes. Ele limpou a garganta.

O vendedor fez uma careta. — Fale logo. Ou, se vai apenas

ficar aí parado, me diga agora para que eu possa voltar ao trabalho.

Ranat limpou a garganta novamente. — Sou um amigo de Gessa. — Sua voz estava calma.

— E?

— Ela disse que você poderia estar interessado... — Ele parou de falar e enfiou a mão na sacola para puxar o cinto. Gessa tinha raspado a maior parte da lama na noite anterior, e ele brilhava na luz fraca que vinha da porta.

O vendedor ergueu as sobrancelhas grossas e, depois de hesitar um segundo, o pegou. — Isto se parece com o trabalho de Veshari. Onde conseguiu isso?

— O encontrei, — disse Ranat. — E isso também é verdade, por isso não me olhe assim. Eu não sei quem é Veshari.

O vendedor olhou para ele por mais um momento, e depois acenou com a cabeça. — Certo, certo. Veshari era um Artesão, — isto é, um Artesão com "A" maiúsculo, — um dos senhores de Valez'Mui antes de se converter à Igreja. Agora ele faz coisas personalizadas para os chefões em Tyrsh. Eles adoram fazer seus emblemas pessoais lá.

Ranat grunhiu. — Aqui, também.

O vendedor sorriu. — E não é verdade? De qualquer modo, não sei a quem pertencia. Definitivamente, alguém de alta patente.

— Então, — disse Ranat. — Quanto vai me dar por isso?

O comerciante olhou novamente para a fivela, franzindo a testa enquanto pensava. Durante algum tempo, os únicos sons eram os murmúrios dos transeuntes e o suave gotejar da chuva que entrava pela porta aberta.

— O problema é, — o vendedor pensou enquanto olhava de lado para Ranat. — É mais valioso intacto. Muito mais. Obra de arte inestimável e tudo mais. Mas eu nunca conseguiria vendê-la como está. Não algo único como isto. Esse tipo de coisa poderia voltar e me assombrar. E, caramba, seria de partir o coração desmontá-lo, — como pegar num camelo premiado e transformá-lo em carne. — Outro olhar de soslaio. — Suponho que eu poderia lhe dar trinta três lados por ele. Pelas matérias-primas.

Ranat estendeu a mão e arrancou o cinto das mãos do homem. — Só o ferro vale o dobro disso, pelo menos, e você sabe disso. Gessa não me disse que você era um golpista.

— Está bem, está bem. Você sabe o que está fazendo. Justo. Não pode me culpar por tentar. Sessenta, então.

— Cem. — A voz de Ranat era plana.

— Oitenta.

— Noventa.

O vendedor mordeu o lábio, olhando o cinto pendurado na mão do Ranat. — Está bem, — disse ele novamente após um minuto. — Noventa. Mais alguma coisa?

Ranat se virou para olhar pela porta lotada, para a chuva e a rua movimentada. — Sim. Onde há uma taverna perto daqui?

O vendedor fez uma pausa quando começou a contar as moedas. — Há um bar de vinhos a um quarteirão, — ele gesticulou com a cabeça.

— Algum outro lugar?

O vendedor encolheu os ombros e voltou a contar. — Não sei. Provavelmente. As pessoas gostam de vinho por aqui.

Ranat fez uma careta e apertou sua mão; tinha começado a tremer. — Esquece. Não tolero vinho. Vou caminhar de volta para a Orla.

CAPÍTULO TRÊS

Uma semana depois, o dinheiro de Ranat tinha quase acabado. Ele tinha dado a Gessa vinte três lados — duas vezes o que devia a ela, mas tinha sentido alguma culpa indefinível, sem razão, e dar a ela menos não parecia certo.

Ele praticamente tinha se mudado para o bar sem nome onde conheceu Gessa. O que se seguiu foi um borrão de longas noites, conversas esquecidas e manhãs dolorosas, até que se encontrou com dinheiro o suficiente para manter os tremores sob controle, mas não o suficiente para continuar na espiral em que tinha começado.

Cerveja quente e cerveja, pensou ele. *Caro demais.* Ele deveria ter mudado para vinho quente muito antes de realmente o fazer. Sempre o apreciador.

E agora ele estava sendo seguido.

Ele não tinha certeza, não no início, mas agora não havia dúvidas. Ele tinha começado a ir a bares diferentes, apenas para ter certeza. Os mesmos dois homens de costas retas, parecendo desconfortáveis em suas roupas de camponeses, seus cabelos desarrumados e as camadas cuidadosas de sujeira, eram incapazes de mascarar o ar de confiança que eles exalavam em relação à pobreza que os rodeava. Um muro invisível de orgulho. Não se pareciam com a Igreja, mas cheiravam a ela.

Ranat amaldiçoou a si mesmo e bebeu o último gole de vinho quente. Quem sabe há quanto tempo eles o estavam seguindo. Já fazia uma semana desde que ele tinha estado sóbrio o suficiente para reparar em qualquer coisa.

Ele olhou para a bolsa de seda aninhada em seu colo. Cinco, talvez seis três lados, alguns discos, e um punhado de bolas de cobre. O suficiente para beber durante os dias seguintes se ele se controlasse, mas agora ele tinha que lidar com aqueles dois antes de poder aproveitar.

Ele abriu caminho para a rua e se dirigiu para o norte. A Orla estava talvez a uma pequena distância, e ele poderia despistá-los ali se tentassem segui-lo tão longe. Ele deu uma volta, se mantendo nas avenidas mais movimentadas. Haviam cortiços de pedra calcária de dois andares dos dois lados.

Eram os túmulos, ele repetiu para si mesmo. Deve ser. Ele estava ficando ganancioso. Alguns anos atrás ele tinha encontrado uma lista de túmulos de algumas das famílias fundadoras. Gerações de altos funcionários da Igreja. Dinheiro antigo. Ele tinha ido em alguns, depois tentou se convencer a esperar um pouco, mas tinha sido fácil demais. Dinheiro fácil. Bebida fácil. E a cada vez, ele pensava: "Desta vez vou poupar. Desta vez, o dinheiro vai durar um mês, talvez dois."

Mas seu dinheiro nunca durava tanto tempo.

Agora, ele tinha irritado a família errada. Alguém tinha encontrado os tesouros dos seus antepassados desaparecidos e começou a investigar. Ranat sempre quis perguntar a alguém: se os níveis mais altos do Paraíso eram tão grandes que as pessoas pagariam dezenas de milhares de três lados em Impostos da Salvação todos os anos para entrar em um, porque precisariam ser enterrados com sacos de dinheiro? Havia um último imposto quando você chegasse lá?

Ele olhou por cima do ombro, de volta para a rua movimentada. Se ele não despistasse a duplao par que o seguia, ele pensou que poderia ter a oportunidade de descobrir.

Nenhum dos dois estava à vista. Era quase meio-dia, e as nuvens estavam diminuindo, a garoa se transformando em névoa. Ele diminuiu um pouco o ritmo.

Alguma coisa o golpeou de lado, com tanta força que lhe tirou o fôlego antes que ele atingisse o chão. Ele não fazia ideia de onde eles tinham vindo. O homem que o tinha atacado se levantou. Outro estava atrás, olhando para Ranat, que estava curvado nas lajes molhadas, ofegando por ar.

O primeiro se limpou, murmurando palavrões. — Da próxima vez você pode ser aquele que pula na maldita lama, — disse ele ao seu companheiro. Ele era grande debaixo da roupa áspera de lã de camponês, com um bigode de cor de areia que escondia sua boca. Ranat, através de suspiros dolorosos, suspeitou que ele estava zombando.

O segundo homem, barbeado e de cabelo preto, com um rosto esquecível, disse: — Pare de reclamar. Não é como se fossem suas roupas. Se não gosta de se molhar, deveria ter entrado numa linha de trabalho diferente. Amarre-o.

Ele se virou para se dirigir a Ranat enquanto seu parceiro o rolava e amarrava suas mãos. Ranat estava vagamente consciente de uma centena de pares de olhos enquanto as pessoas se reuniam em torno do espetáculo que se desenrolava, diminuindo o ritmo à medida em que passavam, fingindo que não estavam olhando.

— Ranat Trotz, — o segundo homem falou, com o olhar entediado como se estivesse lendo as palavras do rosto de Ranat. — Você foi julgado, sentenciado e condenado por assassinato, e expulso dos Livros do Paraíso. Sua execução ocorrerá pela vontade da Graça de Fom. Até esse momento, ou até sua morte, será mantido no Fosso para exibição pública. Você tem alguma declaração a fazer?

Ranat esticou o pescoço para ver os rostos dos dois homens que o olhavam de cima, e da multidão de curiosos que se viraram. O cheiro da pedra lamacenta era frio e acalmou seus pulmões, que ainda ardiam em busca de ar. Uma palavra ricocheteou em sua cabeça, forçando um nó de pânico que estava se formando no fundo do seu estômago — uma palavra que saiu da sua boca antes que ele soubesse que a tinha pronunciado.

— *Assassinato*?

CAPÍTULO QUATRO

Imagens do futuro de Ranat passaram por sua mente enquanto os dois homens o escoltavam pelas ruas. Cenas misturadas com terror. Ele conhecia o Fosso, mesmo que nunca tivesse sido do tipo que gostava desse tipo de entretenimento em particular. Era uma cisterna drenada perto das arenas que aprisionava o pior que a Igreja tinha para oferecer, ou pelo menos o pior para eles. Sem celas, sem guardas. Apenas um buraco, a céu aberto, onde os cidadãos de Fom podiam zombar das duzentas mãos condenadas lá em baixo. A única comida no Fosso era a que os espectadores atiravam ao chão, frequentamente apodrecendo e envenenadando com mais frequência do que não, e a competição pelo que restava era lendária. As pessoas a chamavam de a Arena do Camponês porque a luta no Fosso podia ser tão boa quanto a que os profissionais faziam, e era de graça.

Ranat se imaginou no fundo daquele buraco, lutando com os outros por alguns pedaços de carne tóxica ou vegetais podres, morrendo de fome ou das lentas e dolorosas convulsões provocadas por veneno, lançados por um parente vingativo de uma vítima ou pelo filho de um mercador entediado. Ele se imaginou sobrevivendo tempo suficiente para ser escoltado de volta à superfície apenas para ser enforcado em vergonha pública, com seu nome apagado dos Livros do Paraíso.

Assassinato. *Assassinato!* Sua mente cuspiu a palavra. Durante toda sua vida, ele tinha feito o que era certo. Talvez não o certo para todos, mas o certo para ele. Ele só roubava o que os mortos não precisavam. Ele nunca pediu nada aos vivos. Negociou, mas nunca pediu. A ideia de assassinato o enojava, mas a ideia de ser chamado de assassino o enchia de raiva. Ele cresceu fugindo nas ruas de Fom. Mais de uma vez, teria tornado sua vida mais fácil se ele tivesse matado alguém, mas ele sempre tinha escolhido o caminho certo. O caminho mais difícil.

E não por medo do castigo. Se o tivessem condenado por roubo de túmulos, a sentença teria sido a mesma, mas teria sido um destino que ele aceitaria. Sua própria culpa. Ele poderia aceitar as consequências dos atos da sua vida — há muito tempo ele tinha aceitado que sua vida poderiapudesse acabar assim. Seria, pelo menos, uma execução honesta.

Isto, porém, para seu nome ser condenado para sempre por uma ação que não era dele, era demais para suportar.

Ele não disse nada a seus captores. Ele sabia que não adiantaria. Eles eram fiéis ao Paraíso, ou eram bem recompensados pelo trabalho que faziam para a Igreja. Ou ambos. Eles não lhe ouviriam. Eles tinham um trabalho, e o fariam.

Ranat não tinha prestado atenção para onde o estavam levando, mas percebeu agora. As ruas estavam ficando mais largas, cheias de gente. Quiosques se alinhavam de ambos os lados da avenida e à frente surgia uma das menores arenas. As pessoas se aglomeravam em frente ao edifício de pedra vermelha como formigas fervilhando em frente à sua colina, esperando que os portões se abrissem. Eles o estavam levando diretamente para o Fosso.

Ele sabia que isto não deveria surpreendê-lo. Tinham lhe dito que seu julgamento e sentença aconteceram sem ele. Mesmo assim, ele tinha imaginado... *algo*. Uma cela de detenção. Uma casa de guarda. Até uma câmara de tortura. Qualquer coisa que atrasasse o inevitável.

Qualquer coisa.

Ranat, que até agora tinha permitido que a dupla o conduzisse, saltou para trás contra o homem atrás dele, que estava guiando o velho triste com apenas uma mão apoiada em seu ombro.

O guarda se desequilibrou, tropeçou no próprio calcanhar e caiu. Ranat caiu em cima dele. A adrenalina aumentou, e Ranat se levantou com as mãos ainda atadas atrás dele, e se esquivou do seu segundo captor.

Sou um homem velho, pensou Ranat. *Eles são jovens, e eu sou velho. Eles podem me pegar quando quiserem.*

Mas eles não o pegaram. Em vez disso, o ataque do segundo homem o fez tropeçar no primeiro guarda antes que ele conseguisse ficar de pé, e mais uma vez ambos acabaram no chão, em um emaranhado de braços e pernas.

Ranat correu.

Eles podem me pegar, pensou ele. *Sou um homem velho. Minhas mãos estão atadas. Todos vão indicar o caminho que eu seguir, e eles vão me pegar. Se eu tiver sorte, eles vão decidir que não valho o incômodo, e vão me matar na rua.*

Ele continuou correndo, ziguezagueando através da multidão de pessoas, se esquivando nesta rua e naquele beco, caindo, lutando para ficar de pé, e correndo novamente. Gritos e discórdia geral cresceram atrás dele, mas foram ficando mais distantes, até se dissiparem na voz murmurante da cidade.

Eventualmente, seus pulmões em chamas e pernas

bambasde borracha o forçaram a parar. Lutando para respirar, ele caiu no chão próximo a uma grade de cobre, verde como azinhavre e com ar quente e úmido ondulando. Ele estava em um beco. As lajes — eram lajes e não paralelepípedos aqui, — estavam limpas e tinham poças de água da chuva. Não havia mais ninguém por perto, embora em algum lugar próximo ele pudesse ouvir carruagens e carroças se movendo. Ele não fazia ideia de onde estava. As nuvens tinham se erguido novamente, dando a falsa promessa de sol.

Ele olhou ao redor em busca de um pedaço de vidro ou algo que pudesse usar para cortar as cordasamarras das suas mãos. Não havia vidro, mas um cano de cobre irregular se projetava do chão do beco com dois palmos de altura, como se não tivesse sido cortado há muito tempo. A borda ainda brilhava na luz cinzenta, intocada pela corrosão.

Ranat se aproximou e raspou suas amarras sobre o tubo até se soltarem e partirem, rezando o tempo todo para que a válvula ligada a ele não começasse a expelir vapor incandescente nas suas costas. Ele não podia acreditar que tinha escapado, e a ideia de fazer isso apenas para ser escaldado até ficar desfigurado e morrer em um beco não o agradava.

Com as mãos livres, ele caiu contra a parede, pensando. Seu pulso esquerdo estava sangrando. O corte parecia muito limpo para ter sido feito pelo tubo, mas ele não sabia onde mais poderia tê-lo conseguido. O sangue pingando no punho do seu casaco branco acrescentou uma nova mancha. Ignorando a corrente de ar frio que flutuava em seu peito, ele rasgou uma tira da camisa e amarrou no corte o melhor que pôde com sua mão livre.

Ele precisava sair da cidade, mas não tinha certeza de onde. Exceto pelo mar, Fom era isolada, e ele nunca conseguiria passar furtivamente pela alfândega até as docas. Passando pelos vinhedos, a costa ao sul estava vazia. A cidade de Maresg ficava ao norte, mas ele não tinha certeza da distância, e sabia o suficiente para saber que as estradas tinham sido abandonadas há séculos, depois que ela se declarou livre da Igreja, e ninguém tinha se dado ao trabalho de impedi-la. Dirigíveis iam por esse caminho às vezes, costa acima, mas ele não tinha como embarcar em um. As montanhas que protegiam Fom a leste tinham apenas uma passagem, e do outro lado não havia nada além de um terreno infértil.

O sul seria o melhor. Haveria aldeias de pescadores, de qualquer forma. LDe lá, ele poderia gastar o resto do seu dinheiro, — que os capangas da Igreja não tinham se preocupado em tirar dele, — em uma passagem para Maresg. Ele estaria a salvo lá.

Ele nunca mais veria Gessa. Esse pensamento trouxe uma pontada de arrependimento maior do que ele esperava, mas ele lembrou a si mesmo que se ele fosse embora, ela também estaria mais segura.

Ranat vagou com o movimento da multidão até descobrir onde estava. Depois de alguns quarteirões, ele conseguiu se orientar e sentiu uma ligeira pontada de alívio ao descobrir que já estava indo para o sul. Era o meio da tarde, talvez mais tarde. Os edifícios de ambos os lados tinham fachadas de mármore, e algumas das estruturas maiores exibiam cúpulas de um cobre esverdeado mais predominante ao redor do Salão dos Sábios, que ficava a leste e a sul.

Para ficar mais seguro, ele saiu novamente da avenida principal, se mantendo mais a oeste até chegar onde armazéns e quiosques de vendedores de frutas e peixarias se alinhavam nas ruas. E bares.

Ele lambeu os lábios e olhou para a estreita faixa de céu cortada entre os edifícios como se pudesse discernir a posição do sol. As nuvens tinham ficado baixas novamente, e a chuva tinha começado a cair com força. Estava mais escuro do que antes, mas ele tinha perdido toda a noção do tempo e não sabia se estava anoitecendo ou se as nuvens tinham acabado de ficar mais espessas. Pelo menos, pensou ele, ele seria capaz de ver o sol de vez em quando, depois que deixasse Fom.

Um cano de latão começou a expelir vapor do chão atrás dele.

Ele disse a si mesmo que havia o risco de ainda não ser noite, e que teria mais facilidade para sair da cidade após escurecer. Para ficar seguro, ele apenas iria a algum lugar para uma bebida ou duas. Até o anoitecer.

Estava escuro há mais de três horas, mas Ranat levou quatro horas para perceber. A pousada que ele escolheu, tinha uma placa representando o que parecia ser um pato sentado em uma cama, mas por alguma razão, os clientes a chamavam de O Barril Furado, e tinha um livro de visitas descansando em um canto do bar. Ninguém parecia ter qualquer interesse em o assinar, e nem o tinham feito, aparentemente há anos. Ranat passou o tempo bebendo uma mistura hedionda de vinho quente enquanto o folhava. Os nomes e as datas abrangiam mais de vinte anos. Ranat se perguntou quem eles eram, de onde tinham vindo, como raios tinham acabado no Barril Furado, ou porque tinham tido vontade de assinar o livro de visitas de couro gasto. Ou, por falar nisso, por que razão não faziam mais isso. Ele pensou em tentar levá-lo com ele, mas era grande demais para ser carregado, e de qualquer forma nunca poderia ser adicionado a sua coleção, que agora estava abandonada.

O pensamento o entristeceu, fazendo com que ele se afastasse do livro de visitas e olhasse pela janela. A noite havia coberto Fom.

Ele bebeu o que restava em seu copo e se levantou cambaleando. O bar tinha ficado mais cheio enquanto ele estava ali sentado, perdido na lista de nomes, e uma mistura de funcionários de armazéns e profissionais bem vestidos o ignoraram enquanto ele cambaleava porta afora.

Já era tarde o suficiente para que as ruas desta parte da cidade estivessem vazias. A chuva havia parado, mas o nevoeiro tinha se espalhado. As lâmpadas intermitentes criavam poças isoladas de luminosidade pálida. Ranat tropeçou, primeiro de um lado da rua, depois do outro, enquanto atravessava de uma ilha de luz para a outra.

Os eventos daquele dia eram nebulosos — como um sonho que ele tinha se convencido de que era real, mas agora era uma memória fragmentada e confusa. Mais de uma vez, ele verificou o pulso, meio que esperando que não houvesse nenhum corte ou, se houvesse, que ele se lembrasse onde o tinha conseguido. Mas ele sempre estava lá, e apenas uma memória dura se destacava.

Assassinato.

A rua tornou-se primeiro um declive suave, depois uma colina, depois uma montanha. O nevoeiro voltou a ser chuva, depois nevoeiro novamente enquanto ele subia em direção ao topo que atravessava o limite da cidade. A estrada tornou-se mais larga, os edifícios se espalharam até evoluírem para propriedades separadas, completas com portões e jardins arborizados.

Ele continuou. Acima da névoa, a colina ainda subia mais duzentos passos antes de terminar numa linha preta, acima da qual algumas estrelas cintilavam. Suas pernas doíam, seu coração batia forte, e um suor frio escorria por suas costas. Ele não podia parar, não iria olhar para trás.

E então, lá estava ele. Abaixo e à frente, os odiados vinhedos. Fileiras longas e organizadas de videiras, verdes com folhas, mas ainda sem frutos, marchavam como fileiras de soldados bêbados até os penhascos, interrompidas apenas por uma ocasional casa de fazenda ou dormitório de empregados. Mais longeAlém, o mar brilhava — um vazio sem fim, até mesmo as cristas brancas tornadas invisíveis pela distância e pela escuridão da noite.

Ele não vinha aqui há anos. Costumava vir, há muito tempo atrás, se escondendo pelas vinhas todos os anos para ver suas irmãs e seu irmão. Ele nunca arriscou falar com eles ou mesmo deixá-los vê-lo, mas ele vinha. Só para observar. Primeiro todos os anos, depois menos, até agora. Ele não se lembrava da última vez que tinha subido este cume, mas ele era mais jovem. Muito mais jovem.

Ele os odiava naquela época. Culpou seus pais por sua vida plantando videiras e colhendo uvas. Culpou seus irmãos pela culpa que sentiu depois de ter partido.

Ranat olhou para as formas escuras das casas de fazenda, silhuetas na escuridão, mas ainda conseguia vê-las como um menino de nove anos, amaldiçoando sua existência. Telhados vermelhos e paredes de pedra bruta. Persianas lacadas pintadas de verde ou laranja. Ele era uma criança estúpida naquela época, cega para tudo exceto a si mesmo, ignorante.

E agora ele era um velho estúpido.

Atrás dele, Fom, a maior cidade do mundo, estava coberta por seu nevoeiro eterno, todo o seu esplendor reduzido a uma massa difusa de amarelo. Uma série de rastros tossiu dos pulmões de algum troglodita luminoso.

Ele desabou sobre uma rocha plana que estava ao lado da estrada e olhou para a cidade. O nevoeiro não era completamente desprovido de características. Ali, à distância, bem no limite de sua visão, as Torres Aduaneiras que ladeavam o porto surgiam em meio à neblina, seus topos de bronze brilhando na luz âmbar difusa que se espalhava abaixo delas.

Os fantasmas do seu passado o assombravam. De um lado, os vinhedos. Pais que ele abandonara à escravidão. Os irmãos, agora tão mortos quanto sua mãe e seu pai, que tinham ficado apesar do seu sofrimento, para não perderem o pequeno Paraíso de Pedra que tinham ganho após uma vida de miséria.

Do outro lado, Fom. A vida que ele tinha escolhido, o Paraíso e sua família que se danem. Ele percebeu que o que mais temia era uma morte obscura — morrendo solitário, um corpo sem nome para um mendigo saquear em um beco cheio de lixo.

Agora, tinham tirado até isso. A obscuridade era solitária, mas era melhor do que a infâmia. Algumas semanas atrás, ninguém sabia quem era Ranat Totz. Agora seu nome foi retirado dos Livros do Paraíso. Ranat Totz era um assassino. E não um assassino com uma causa nobre e equivocada, mas um bandido mesquinho que tinha apunhalado um homem no coração por seu dinheiro.

Ranat sentiu a raiva novamente como bile. Ele sempre acreditou que uma vida honesta, pelo menos honesta consigo mesmo, valia a pena ser vivida. Agora, ele pensou, o que significam todos aqueles anos de honestidade, se por uma eternidade depois, ele só seria lembrado por um crime que não era seu?

Ele olhou novamente para as vinhas, disposto a continuar com seu exílio, mas agora sua vontade era uma coisa vazia. O que está dentro de um nome? Nada e tudo. Nada, porque enquanto estiver vivo, um nome é apenas como as pessoas o chamam. Tudo, porque depois que você se vai, é tudo o que resta.

O nome Ranat Totz estava manchado agora, tudo para que algum contrabandista ou bandido do mercado negro pudesse viver sua vida em paz depois de um negócio que deu errado.

Ele esfregou as lágrimas que encharcaram seu rosto e

pingaram de sua barba emaranhada. Sua vida inteira, ele agora percebia, tinha sido inútil, egoísta. Uma busca por dinheiro fácil. Uma bebida atrás da outra. Cada momento da sua vida tinha existido apenas para o seguinte. Temendo a obscuridade, sem fazer nada para evitá-la, até que apenas seu nome permanecesse. E agora, isso também tinha desaparecido.

Bem, pensou ele. Que se dane isso. Durante toda sua vida tinha sido uma saída fácil, e agora não havia mais nada. Mas não era tarde demais.

Ele enxugou os olhos de novo, esfregou o rosto com as mãos e respirou fundo. O ar da noite cheirava a chuva e água salgada.

Ranat Totz começou a caminhar em direção a Fom.

CAPÍTULO CINCO

O vendedor caiu de joelhos, chorando. — Me perdoe! Deus, me perdoe, — ele murmurou. — Por favor. Eu não tive escolha.

Ranat olhou ao redor, desconfortável. Era o meio da manhã; ele não dormia há dois dias e começava a lamentar sua decisão de vir primeiro ao vendedor. Ele estava contente por não haver outros clientes por perto para ver isso, mas estava preocupado com o que poderia acontecer se alguém entrasse.

— Olha, — disse ele. — Eu não...

— Eles me obrigaram a dizer de quem recebi o cinto. Eles disseram...

— Espere. Apenas espere. Eu...

— ...aumentar novamente meus Impostos da Salvação, e...

— Pare, escute...

— ...iam me matar...

— *Cale-se!* — Ranat golpeou com sua mão esquerda, que acertou o rosto redondo do vendedor. O vendedor caiu para trás com um grito agudo, segurando o nariz, mas, para seu crédito, parou de falar. Ranat olhou para baixo para o pulso esquerdo, que tinha começado a sangrar novamente com o impacto. Ele se xingou e procurou algo para enfaixá-lo. Ele estava tremendo. Precisava de uma bebida, pensou ele. Apenas uma, para que pudesse pensar.

O vendedor se encolheu, baixando o rosto e choramingando.

— Não vou te machucar, — disse Ranat o mais calmo que pôde. — Er, de novo.

— O que você quer? — A voz do vendedor estava nasalada e abafada na mão, ainda segurando o nariz. A irritação indignada substituiu o medo em sua voz.

— Me conte o que aconteceu. Lentamente.

O vendedor respirou fundo. — Dois homens da Igreja apareceram aqui no dia seguinte à sua visita. Eu nem tive a chance de desmontar o maldito cinto. Eles o encontraram, perguntaram de onde o tinha tirado. Eu disse a eles a verdade: você era um cara com quem eu nunca tinha feito negócio e não sabia quem você era. Mas eles pressionaram.

Ranat congelou. — O que disse a eles?

— Que você era amigo da Gessa.

— Você envolveu a Gessa? — A voz de Ranat estava friagelada.

— Não, não, não. Bem, sim, mas ela está bem. — O vendedor inspirou tremendo e engoliu quando viu o rosto de Ranat ficar mais fechado. — Eu juro. Ela está bem. Ela acabou de me ajudar com algo ontem. Eles apenas a observaram até que encontraram você. Eu pensei que eles... como é que você...? — Engoliu de novo.

— Se você estiver mentindo...

— Certo, certo. Não estou mentindo.

— Então, e o cinto? — Eexigiu Ranat. — A quem pertencia?

— O que você quer dizer? Eu *não* lhe disse nada. Alguém do alto escalão. Além disso, como é que eu vou saber? Existem pelo menos três mil selos pessoais da Igreja. Acha que posso citar três deles?

Ranat suspirou e se recostou, agarrando suas mãos trêmulas. — Sim. Certo. Tudo bem. Você tem razão. Desculpe. Desculpe pelo seu nariz. — Ele suspirou novamente. — Desculpe.

Então ele se virou e desapareceu na rua cheia de gente.

Já era o final da tarde quando Ranat encontrou Gessa, parada na frente da taverna. Ele a observou da entrada de uma viela não muito mais larga do que seus ombros, um pouco mais adiante na estrada, e abaixava a cabeça para as sombras sempre que ela olhava na sua direção.

Ele queria falar com ela — não sabia o quanto queria falar com ela até que a viu parada ali, mas ele sabia que ainda deviam estar olhando para ela. Foi por ela que eles o haviam encontrado nda primeira vez. Estavam procurando por ele agora, e ela era a única conexão que eles tinham. Ela, e ele percebeu tarde demais, o vendedor.

Aparentemente, eles não haviam considerado que Ranat poderia ir direto para o homem que o delatou. Ele teve sorte, e sabia disso. Ele não ia estragar tudo agora. Não até ele ter feito o que tinha que fazer.

Parecia que Gessa estava esperando por alguém, mas quanto mais ele a observava, mais ele se perguntava. Será que ela estava esperando por ele? Ele sentiu os cabelos da nuca se arrepiarem com o pensamento. Se eles estivessem olhando para ela, e ela estivesse esperando por ele... de qualquer maneira que ele olhasse, não parecia bom. Ele esperava que ela não estivesse envolvida nisso também. Mesmo que ela não tivesse escolha, o pensamento era mais do que ele poderia suportar.

Ele decidiu que preferia não saber e se afastou novamente, enquanto Gessa continuava a esperar nas sombras cada vez mais profundas, com as lâmpadas acesas ao redor dela.

———

A Biblioteca do Paraíso, mais conhecida apenas como A Biblioteca, era uma torre ampla e atarracada de vidro vulcânico, ciclópica e deslocada ao lado dos delicados contrafortes brancos e rosas do Salão dos Sábios e do palácio adjacente.

A Biblioteca continha os nomes de todas as pessoas em Fom que já pertenceram à Igreja de N'narad, o nível do Paraíso que elas atingiriam ou em que nível estavam agora. Um registro fiscal permanente.

Ranat tinha sentimentos mistos sobre A Biblioteca. Apesar de seu fascínio por ler listas de nomes, ele nunca tinha estado lá antes, embora fosse aberto ao público uma vez por semana. Não havia Impostos da Salvação para um ladrão de túmulos e, mesmo que houvesse, ele não achava que teria pago.

Ainda assim, ele tinha sido criado na Igreja e sempre teve a impressão de que seu desdém casual pelo sistema tributário de N'naradin o havia condenado ao Vazio. Ou pior, agora que ele foi retirado dos Livros, condenado a um sofrimento sem fim.

Ele engoliu a sede e gastou a maior parte do dinheiro que ainda tinha em uma nova camisa de linho, cinza escuro, e calças de lã áspera. Ele também comprou um casaco novo. Por mais que tenha aprendido a amar o outro, ele precisava admitir que era uma má ideia usar um casaco manchado de sangue que uma vez pertenceu a um oficial morto e pelo qual ele foi acusado de assassinar no seio do poder da Igreja. As novas roupas pareciam rígidas e estranhas, e Ranat percebeu que eram as primeiras roupas que ele usava em cinquenta anos que não tinham vindo dos mortos.

Ele também fez a barba no seu porão, depois de vigiar o lugar por um dia e decidir que ninguém estava espreitando por perto, esperando que ele voltasse para casa. Ele já tinha visto pessoas se barbearem com navalhas de sílex antes. Parecia fácil, mas uma dúzia de pequenos cortes aleatórios estavam agora em seu rosto. Ele passou mais de um dia dormindo, mas quando saiu para a Biblioteca na manhã seguinte, eles ainda queimavam em carne viva. Seu espelho embaçado revelou um velho de cabelos desgrenhados com olhos cansados e tristes e bochechas cheias de cicatrizes. Sua pelecarne estava cinza, exceto por uma dúzia de pequenos cortes sangrentos e seu nariz avermelhado e bulboso. Ranat sentiu que chamava ainda mais a atenção do que antes.

Na estrada para a Colina da Catedral e através dos portões, ele foi ignorado. Apenas outro velho camponês, vestido com o melhor que tinha, vindo ver seu nome nos Livros antes de morrer.

A Biblioteca era uma grande espiral, cada câmara dentro abobadada e murada com livros encadernados em couro. Todos os cômodos estavam ligados a uma escada central em espiral. Dezenove câmaras ao todo, da base ao topo. Uma câmara para cada Paraíso, e mais uma para pessoas como Ranat, com destino ao purgatório do Vazio por nunca pagarem seus Impostos da Salvação.

Não, ele lembrou a si mesmo. Mais um para pessoas como ele costumava ser. Agora, seu nome não estava em nenhum livro.

Ranat parou na base da escada. A entrada imponente ficava atrás dele, um arco de basalto esculpido em nós de corda grossa, sustentado por pilares quadrados e polido até que o fluxo constante de visitantes pudesse se ver refletido nas superfícies negras e brilhantes. Almas se afogando na escuridão.

As escadas à sua frente, de mármore branco, circundavam a

parede até o mosaico do Sol e Lua brilhando no teto, feito de incontáveis lascas de vidro e bronze. As paredes também eram de mármore, com centenas de baixos-relevos sombrios de pessoas que Ranat não reconheceu. As largas portas duplas que seguiam as escadas, abertas, eram cortadas de blocos de vidro vulcânico reluzentes.

Soldados em uniformes brancos e vermelhos patrulhavam as escadas e os vários patamares, às vezes respondendo às perguntas dos paroquianos, mas na maioria do tempo parecendo entediados. Ranat manteve a cabeça baixa enquanto subia os degraus, mas nenhum deles prestou mais atenção nele do que os outros camponeses.

A grande maioria dos visitantes da cidade desapareceu em uma das duas primeiras câmaras, representando os níveis mais baixos do Paraíso, em lados opostos do andar térreo. Ele não entrou em nenhuma delas, mas podia ver através das portas, que repousavam entreabertas sobre enormes dobradiças de pedra. As câmaras inferiores eram enormes — metade do tamanho do resto da Biblioteca, alinhadas com tomos contendo nomes minúsculos e datas de nascimento. Ele se perguntou como uma pessoa poderia encontrar um nome escrito em um daqueles tomos. Apenas um em uma lista de milhões.

Ranat ainda não sabia quem estava procurando. Ele sabia, no entanto, que o homem que ele não havia assassinado era um oficial do alto escalão da Igreja, falecido recentemente, cujo selo pessoal era uma fênix. Ele decidiu que começaria a olhar do topo.

Os níveis mais altos estavam quase vazios em comparação com a massa que entrava e saía das duas câmaras inferiores. Um guarda, todo vestido de branco, com o Sol e a Lua da Igreja bordados em vermelho sobre o coração, e com uma versão maior nas costas, estava apoiado no parapeito de mármore, olhando para a multidão abaixo, com pensamentos distantes gravados em seu rosto.

Enquanto Ranat subia as escadas, o homem se endireitou e observou enquanto o velho se aproximava. — As câmaras inferiores contêm os livros mais baixos do Paraíso, — explicou o guarda como se não pudesse imaginar por que Ranat avançaria mais para dentro da Biblioteca.

A mente de Ranat voltou-se para o quanto ele precisava de uma bebida. Um frasco de rum estava em seu bolso, meio cheio, mas ele sabia que agora seria uma má hora ruim para tomar um gole dele. Ele limpou a garganta e tentou ajustar sua postura para que ele parecesse saber o que estava fazendo.

— Achei meu nome, — ele murmurou. — E alguns outros que eu queria ver. Só pensei, já que estou aqui, que veria quem chegou aos Livros Importantes ao longo dos anos. Quer dizer, além da Graça e do Bispo. Quem mais pode estar lá em cima? — Ele acenou com a cabeça em direção às escadas que passavam pelo guarda. — Isto é, — acrescentou ele — se nós, pessoas comuns, formos permitidos.

O guarda olhou para ele com um desdém cansado, um local dando instruções a um turista. — Sim, tudo bem. Vá em frente. — Ele voltou a se apoiar no parapeito, observando a multidão, o velho já esquecido.

Ranat acenou em agradecimento para as costas do homem e subiu as escadas. Nenhum dos outros guardas se incomodou em dar mais do que um olhar para o vovô que tropeçou subindo os degraus passando por eles, ofegante e mancando com as pernas cansadas.

A câmara mais alta, abrigando os nomes daqueles que vão para o Paraíso da Luz, ainda era enorme, embora talvez fosse um vigésimo do tamanho de uma das mais baixas. Vitrais amarelos formavam faixas ao redor da parte superior da sala, transformando a luz cinza opaca de Fom em uma cópia exata da luz do sol. Os livros aqui eram mais finos, mas mais largos e quadrados, com cerca de três palmos de largura. Alguns visitantes estavam ao redor, folheando antigos tomos ou caminhando entre as prateleiras, passando os dedos pelas lombadas de couro, sua reverência um grito em meio ao silêncio. De um lado estavam duas mesas de carvalho ornamentadas com vinhas e flores. Em cada uma delas havia um livro imenso, com oito palmos de largura, quase tão grosso quanto era largo. Acima de um, uma placa dizia: "Livro dos Bispos." Acima do outro: "Livro das Graças".

Ranat se perguntou se isso significava que os Arcebispos e os Bispos ficavam em um nível ainda mais alto do Paraíso. O pensamento o fez dar uma risada sem humor.

Um antigo escriba em vestes vermelhas e pretas com cabelo branco grosso ergueu os olhos da mesa ao lado da porta quando Ranat entrou, mas voltou ao trabalho sem dizer uma palavra. O homem tinha uma lista rabiscada à sua frente e estava escrevendo os nomes dela em um novo volumetomo. Ranat viu, com um novo lampejo de esperança, que depois de escrever cada nome, ele selecionava um sinete de um conjunto colocado em caixas de vidro ao redor da mesa. Ele os mergulhava em tinta antes de carimbá-los ao lado dos registros. Cada selo na Igreja está ligado a cada nome.

Ranat olhou ao redor da sala, hesitou e se virou para o escriba. Ele enrolou e como o velho não ergueu os olhos novamente, ele limpou a garganta. O som áspero ecoou no teto abobadado, e ele estremeceu com o som.

— Sim? — O sussurro foi áspero e quase tão alto quanto a tosse de Ranat. Algumas pessoas olharam na direção deles.

— Eu estou, hum, procurando por, hum, alguém. Ele, hum... — Ele ficou em silêncio sob o olhar fulminante do escriba.

— Sim? — O homem sibilou novamente, ainda mais alto do que antes. — Fale logo!

— Alguém da Igreja morreu há não muito tempo, e eu quero prestar meus respeitos, — Ranat deixou escapar as palavras o mais rápido que pôde em um silvo desorientado. Nos bolsos do casaco, ele cerrou os punhos para evitar que suas mãos tremessem.

O escriba acenou com a cabeça em direção a parede oposta aos Livros dos Arcebispos e Bispos. Havia outra mesa com outro livro, este tinha um tamanho mais parecido com os outros. Acima dele, uma placa dizia: "Livro da Vida".

Ranat olhou para ela, depois para o homem, que já havia voltado sua atenção para seu trabalho. — Hum. Se ele faleceu recentemente...? — Ele ficou em silêncio novamente.

O escriba olhou para cima, revirolou os olhos, e acenou uma segunda vez na direção do livro.

— Uh, — sussurrou Ranat. — Obrigado.

Ranat foi até o Livro da Vida e o abriu, meio que esperando um barulho de alarme quando tocou no memorial, mas a sala permaneceu silenciosa só com o sussurro de páginas viradas.

O Livro da Vida era diferente dos outros na sala, apesar de seu tamanho idêntico; além de uma simples lista de nomes e selos, breves obituários foram impressos abaixo de cada nome.

Ranat engoliu em seco, esperando ser agarrado por um guarda invisível espreitando atrás dele. A sala permaneceu calma.

Ele examinou os nomes, indo de trás para frente. Com os obituários curtos, havia apenas dez nomes por página. Ranat se perguntou há quanto tempo alguém teria que estar morto antes de ser transferido para um livro normal, e o que fariam com este Livro da Vida quando um novo estivesse cheio.

Ele encontrou a fênix na terceira contando do final. Angular e estilizado, não havia engano. Ele se abraçou enquanto lia, apertando as mãos fechadas em punhos e enfiadas nas axilas.

Hierofante Trier N'navum, nascido em Nir 7699 — Morreu em Ageus'tan 7747.

Terceiro Hierofante sob o Arcebispo Daliius III. Sua posição era frequentemente vista como a mais difícil dos Cinco; coube a ele reestruturar postos problemáticos nos confins mais distantes da Congregação de N'naradin. Ele deixa seu irmão Lem; sua alma repousa no Paraíso das Flores.

Ranat se afastou do livro, suas mãos trêmulas coçando para alcançar a garrafa de rum enfiada em seu bolso. Ele se forçou a deixar os braços caírem ao lado do corpo e sair da câmara, depois desceu as longas escadas e saiu da Biblioteca, andando sem pressa, com a expressão calma.

Ele se proibiu de pegar o frasco até sair do complexo no topo da Colina da Catedral e se enfiar em uma das ruas estreitas e cheias de vapor da Paróquia da Graça. Lá, ele deu um longo gole e franziu a testa. Ele achava que havia mais nisso do que parecia.

Ele estava preocupado em ser acusado de matar algum oficial aleatório, mas o homem era um maldito Hierofante. Chamá-lo de "alto escalão" não bastava.

Quando ele aprendeu sozinho a ler quando criança, roubando livros do escritório do Comerciante de Vinhos, ele costumava fazer isso com livros sobre a Igreja. Não eram histórias dos Paraísos — o Comerciante de Vinhos não era nada a não ser um homem secular — mas gráficos e listas de hierarquia. Ranat provavelmente sabia mais sobre a estrutura da Igreja do que qualquer outro camponês, e da maioria dos comerciantes também. O problema era que, agora que sabia quem ele era acusado de matar, tinha mais perguntas dos que respostas.

Os Hierofantes operavam sob o comando direto do Arcebispo para colocar os governos locais na linha. Trier N'navum não poderia estar aqui para isso. Fom não era um posto avançado provinciano distante. Era, bem, Fom — três vezes maior do que a capital de Tyrsh, e a Graça de Fom era o segundo no comando da Igreja.

Trier N'navum poderia ter estado em Fom por uma série de razões. Encontrar com a Graça ou apenas passando pelo porto a caminho de alguma província distante ao longo da costa. Nada disso, porém, explicava o que um dos membros mais poderosos da Igreja estava fazendo em um beco perto da Orla, sozinho, no meio da noite.

Ranat esvaziou o frasco e o sacudiu próximo ao ouvido, esperando que pudesse ter sobrado um gole que não fluíra para sua boca com o resto.

Então ele suspirou, enfiou a garrafa vazia no bolso e começou a caminhar para casa com as perguntas nadando em sua mente.

CAPÍTULO SEIS

Ranat se agachou no beco onde encontrou o corpo do Hierofante Trier N'navum, olhando para as pedras lamacentas, tentando conseguir as respostas delas pela força de vontade.

É claro que não havia sequer sinal de que um corpo tivesse estado aqui. Era um pouco depois do meio-dia. As nuvens estavam altas e brilhantes, garantindo um raro alívio da garoa. Nas profundezas das sombras da rua estreita, um cano da Máquinas da Maré soprou. Atrás dele, carroças e pedestres passavam, junto do coro de mendigos que emergiram dos túneis próximos da Orla.

Ele suspirou e o som borbulhou em seu peito. Isso não poderia ser bom, ele pensou. Ele dormiu um pouco em um prédio abandonado a alguns quarteirões do seu quarto depois que saiu da Biblioteca, com medo de ir para casa, caso a Igreja estivesse vigiando. Mas sua mente estava agitada demais com perguntas que não tinham respostas para conseguir descansar muito. Ele sentia como se tivesse envelhecido vinte anos na semana desde que encontrou o corpo pela primeira vez. Para um velho, isso dizia muito.

Ranat não sabia o que estava procurando. Ele apenas sabia que precisava haver alguma pista sobre o que o Hierofante estava fazendo, com quem ele tinha se encontrado. Quem o matou. Tinha que haver, ou então não era justo.

Sem pegadas, sem confissões perdidas, sem armas de assassinato escondidas. Nada que diria ao mundo que Ranat Totz era um homem inocente. Ao admitir isso, ele lutou contra as lágrimas que brotavam. Não é justo. Nada disso.

Lá fora na rua, a vida continuava. — Dinheiro? Tem algum dinheiro sobrando? Só uma bola ou um disco? Com licença, senhor. Com licença, senhorita. — A canção dos mendigos continuava, monótona. Ranat se perguntou se em algum momento eles paravam. Se perguntou se eles já deixaram esta faixa triste da Alameda da Graça, onde, inexplicavelmente, eles decidiram convergir em algum passado distante, e vinham aqui todos os dias desde então.

Ele enxugou o rosto com a mão imunda, deixando uma mancha de lama despercebida na bochecha com a barba por fazer, e deu um gole em uma nova garrafa de rum. Uma cheia, e não apenas um frasco. Isso o deixou com um último três lados e algumas bolas, mas pelo menos iriam durar mais de um dia. Com sorte.

A maioria dos mendigos eram crianças. Ele sabia que seus guardiões esperavam por eles nos túneis, que do dinheiro que eles conseguiam todos os dias, eles não ficavam com nada. Os mercadores também sabiam, e é por isso que os mais legais devam a eles um gole do barril de vinho quente junto com algumas bolas de cobre. Uma coisinha para eles mesmos.

Ainda assim, o sistema funcionava bem o suficiente para que seus manipuladores os enviassem aqui, para o mesmo trecho da Alameda da Graça. Todos os dias. E todas as noites.

Ranat deu alguns passos na rua e acenou com a garrafa de rum para o mendigo mais próximo — um menino de cerca de dez anos, vestindo calças esfarrapadas e enlameadas tão imundas que era impossível dizer de que tipo de material eram. Ele não tinha camisa nem sapatos.

— Você estava aqui antes do amanhecer, mais ou menos uma semana atrás? — Ranat perguntou, sacudindo a garrafa de rum novamente como incentivo.

O garoto não disse nada, mas acenou com a cabeça em direção à garrafa. Ranat entregou a ele.

O menino deu um longo gole, estremecendo enquanto ela queimava sua garganta, e o devolveu a Ranat, passando o antebraço sujo na boca. — Não, — disse ele e deu uma risada maldosa antes de voltar para a rua passando ao redor de uma carroça de barril barulhenta, e se esquivando de um camelo que tentou mordê-lo.

Filho da puta, Ranat pensou. Ele não se incomodou em ir atrás dele. Mesmo se ele tivesse energia, ele o teria deixado ir. Era muito parecido com algo que ele teria feito. Os garotos que moravam nas ruas recebiam o que podiam.

Ele sentiu o peso da garrafa e suspirou. O menino devia ter uma boca grande para uma criança tão pequena. Bem, ele pensou, lição aprendida.

Ele ergueu a garrafa novamente, e uma garota que tinha visto a primeira transação apareceu. Ela era mais velha que o menino. Em algum lugar nos anos estranhos e desajeitados entre um adolescente e um adulto. Seu corpo sob a túnica áspera de estopaaniagem era magro, os primeiros sinais de feminilidade tocando seus quadris e seios, mas seu rosto era jovem e sem rugas. Seus olhos, entretanto, eram duros, velhos.

Ele fez a mesma pergunta a ela. Ela, como o menino antes dela, não disse nada e acenou com a cabeça em direção à garrafa. O maneirismo era tão semelhante que Ranat se perguntou se eles eram irmãos. — Não, não. Boa tentativa. Me diga primeiro, então veremos.

Ela parecia que ia protestar, mas apenas esticou o lábio inferior em um beicinho. — Certo. Não, eu não estava aqui. Mas se me der uma bebida ou um pouco de dinheiro, eu direi quem estava.

— Primeiro me diga. Aí eu vou te dar algo.

— E como vou saber que você não vai me enganar depois de conseguir o que quer?

Ranat fez uma careta. — Acho que não tem como você saber.

A garota olhou para ele, projetando o lábio ainda mais, mas não foi embora.

— Olhe para mim, — disse ele. — Eu pareço um comerciante querendo te foder? Não sou melhor do que você, e nunca fui. Ou você me diz ou não, para que eu possa continuar e perguntar a outra pessoa.

Ela olhou para a garrafa novamente e Ranat sentiu uma pontada inesperada de culpa. Ela olhou para a garrafa de rum da mesma forma que ele olhava quando tinha sua idade. A garota não tinha nada além de uma vida difícil pela frente, e ele a estava ajudando a cair na vala.

— Está bem, — disse ela, antes que ele pudesse pensar mais sobre isso. — Eu tenho um amigo. Ele não está aqui agora, mas tem ficado à noite durante esse mês. Mais velho que eu. Talvez dezoito ou vinte anos. O cabelo e a barba tem cor de cobre polido, mesmo quando molhados, que é o tempo todo por aqui. Me dê um gole dessa garrafa e direi onde encontrá-lo.

Ranat olhou para a garota, que o encarou, parecendo que estava pronta para lhe dar um soco no pescoço assim que ele recusasse seu pedido.

— Sabe, garota, — disse ele, exibindo os dentes que faltavam com um sorriso de falcão. — Mantenha essa atitude e sua vida será muito mais fácil do que a minha. — Ele entregou a garrafa a ela.

O homem de cabelos cor de cobre que a garota chamava de Lint passava os dias dormindo em algum lugar no labirinto da Orla. Ranat tinha se perguntado em voz alta se esperava até a noite quando ele sairia para seu turno, mas a garota tinha lhe aconselhado a não fazer isso. A Alameda da Graça era apenas uma das ruas para onde os guardiões mandavam seus vagabundos se reunirem, e ela não sabia quando Lint estaria de volta no mesmo local.

Ranat não tinha razão para não acreditar nela. Ela ficou amigável o suficiente depois que ele lhe entregou a garrafa, e ele se obrigou a não arrancá-la de sua mão quando ela a ergueu para um segundo longo gole. Ela explicou a ele o melhor que pôde onde Lint dormia, e Ranat deixou por isso mesmo.

Os túneis da Orla eram lotados e retorcidos, e cheiravam mal. Fumaça e salmoura, suor e sexo, morte e merda e urina e peixe podre; tudo isso se juntava nas passagens para transformar o ar em um icor desagradável; um gás venenoso que não matava, mas deixava Ranat doente toda vez que ele descia.

É por isso que, mesmo depois de mais de cinquenta anos morando ao redor da Orla, ele só tinha entrado algumas vezes. Uma mistura de túneis naturais e cavernas e pedreiras antigas esvaziadas quando a cidade acima foi construída há milênios; passagens não preenchidas com os equipamentos da Máquinas da Maré se tornaram um habitat para os desesperados e depravados. Ranat pensou que se desistisse agora e se escondesse nas profundezas da Orla, a Igreja nunca o encontraria. As autoridades nunca se aventuravam muito nos túneis.

Entradas marcavam as ruas lamacentas acima, às vezes eram nada mais do que um buraco da largura dos ombros com uma escada de madeira frágil ou uma escada que parecia entrar em um porão, mas depois continuava. As instruções da garota levaram Ranat a uma dessas escadas, não muito longe dos altos penhascos que marcavam a precária fronteira noroeste de Fom. Ele podia ouvir a maré subindo e batendo contra o calcário enquanto descia as escadas, mas, assim que ele estava dentro, o som se tornou uma rajada indistinta de barulho, sem direção e amplo.

A pressão era absoluta e Ranat estava à mercê de suas correntes. A garota fez com que parecesse fácil, mas viajar contra o fluxo de pessoas parecia impossível no espaço estreito. Ela o levava para o lado oposto do caminho que ele queria ir até que o enxame de humanos o depositou em uma grande sala retangular com um teto tão baixo que ele precisava se curvar. Dezenas de quiosques frágeis, vendendo de tudo, desde roupas feitas de trapos a peixes em conserva, formavam fileiras tortas. O ar estava estagnado, pungente com a fumaça que saía das tochas e lampiões de alcatrão que estavam nas paredes.

Ranat não teve escolha a não ser esperar perto da passagem que o expulsou. Ele nunca encontraria seu caminho se tentasse seguir uma rota alternativa. Um quiosque próximo vendia vinho quente, e ele pagou à mulher atrás dele com a última de suas bolas para encher sua garrafa de rum vazia. Ele fez uma careta ao dar o primeiro gole, quase cuspiu, mas não o fez. Vinho quente podia ser feito de praticamente qualquer coisa, mas era a primeira vez que tinha gosto de peixe.

Depois de um tempo que Ranat tomoumediu em goles de vinho quente de peixe, a maré de pessoas saindo da passagem diminuiu, então parou e começou a ir para o outro lado. Ele agarrou sua garrafa e seguiu o fluxo com os outros.

Depois disso, foi tão fácil quanto a garota disse que seria. O abrigo dos mendigos ficava em uma caverna natural a apenas cinquenta passos da escada por onde ele havia entrado. Foi tempo o suficiente para que a maioria das pessoas tivesse acordado quando ele chegou lá, se preparando para seus turnos, se vestindo ou bebendo potes de água turva, ou comendo carne não identificável de tábuas finas de xisto que serviam bem como pratos.

O homem chamado Lint estava sentando em seu colchonete, esfregando os olhos e olhando para os outros, meio grogue. Ele foi o primeiro a ver Ranat, que estava na entrada da câmara, olhando para ele. Ele arqueou as sobrancelhas quando percebeu a atenção, mas não parecia preocupado com isso.

Ranat hesitou por um momento e cambaleou para dentro do espaço, tropeçando e quase caindo em cima de uma jovem que gritou assustada. O vinho quente de peixe era mais forte do que ele pensouara.

Os outros na sala olharam com interesse passageiro enquanto Ranat fazia seu caminho até Lint, tomando cuidado para não tropeçar em mais ninguém.

Lint observou enquanto ele se aproximava, coçando a barba. — Sim?

Ranat se sentou ao lado dele sem convite e lhe entregou a garrafa.

Lint a pegou, abriu e deu uma cheirada, depois franziu a testa e a devolveu sem beber. Ranat deu de ombros, deu um gole e enfiou a rolha de volta na garrafa. Não era tão ruim assim quando você se acostumava.

— Você estava na Alameda da Graça antes do nascer do sol, uma ou duas semanas atrás?

Lint encolheu os ombros. — Onde você ouviu isso?

Ranat fez uma pausa. — De uma garota trabalhando lá em cima agora. Ela nunca me disse o nome dela. Mas me disse para encontrar Lint. Suponho que seja você.

Lint o encarou com raiva sob a barba. — Garota esperta, não dando o nome dela. Queria que ela também não tivesse contado o meu. Sim, certo. Então? O que tem isso?

— Só estou procurando alguém que viu algo.

Lint bufou. — Mesmo? Bem, você terá que ser mais específico.

— Um cara rico. Igreja. Casaco branco, cabelo preto. Encontrou com alguém em um beco perto de onde vocês vão. Provavelmente um pouco antes do amanhecer. Algumas horas antes, de qualquer maneira. Não antes.

Lint pensou. — Você tem dinheiro?

Ranat hesitou. Ele tinha um único três lados, escondido na bolsa de seda sob o casaco. — Eu tenho vinho quente de peixe.

Lint soltou uma risada sem querer. E então suspirou. — Tudo bem, velho. Você ganhou. Me dê aquela garrafa.

Ranat lhe ofereceu a garrafa novamente. Lint deu um longo gole, franziu o rosto como se estivesse tentando não vomitar e a devolveu. Ranat tomou outro gole para garantir.

— Não. Não lembro de nada parecido com isso. Tem certeza de quando aconteceu? Na semana passada, estive mais perto do portão norte. Poucas semanas antes, eu estava na Alameda, mas a matrona me mandou descer para perto das Torres da Alfândega.

Ranat franziu a testa, esfregou o queixo e distraidamente tomou outro gole. Quando ele encontrou o corpo do Hierofante? O tempo entre aquele dia e agora passou lentamente em sua mente — uma série nebulosa de noites sem dormir e garrafas vazias. Já fazia mais de uma ou duas semanas? Já fazia um mês? Talvez naquelas vezes que ele dormiu, ele dormiu mais do que pensava. Um dia aqui. Dois dias ali. Fazia sentido, e já tinha acontecido antes. Mais frequentemente do que ele poderia dizer. Ele nunca teve muita necessidade de controlar a passagem do tempo.

Ele sentiu os olhos de Lint sobre ele, cansados, curiosos, mas não maliciosos. O mendigo nunca testemunhou um encontro como o que Ranat estava descrevendo. Talvez Lint tenha estado lá e simplesmente não tenha notado dois ou três homens parados na escuridão do beco.

A frustração, que estava sendo construída dentro de Ranat irrompeu. A caverna girou em sua visão, e se tornou uma constelação borrada de tochas e rostos enquanto as lágrimas chegavam, sem controle. Ninguém tinha visto nada. Os mendigos teriam se concentrado em suas presas na rua, não em um encontro secreto no beco. Ele se ressentiu de sí mesmo por acreditar que havia uma chance. Mesmo se um deles tivesse visto algo, eles teriam desviado o olhar, ignorado em suas mentes. As pessoas que moravam nas ruas de Fom não viviam muito quando notavam reuniões como aquela. De todas as pessoas, Ranat deveria ter pensado nisso.

— Eu p-pensei... E-eu... Desculpe... — Ranat gaguejou e se levantou rápido demais. A salaO quarto além de suas lágrimas girou e ameaçou jogá-lo de volta no chão, mas ele cambaleou para frente e para trás algumas vezes na cama de Lint e recuperou o equilíbrio. Ele cambaleou onde estava, fazendo pequenos círculos no ar com seu corpo enquanto suas pernas permaneciam paradas, mas pelo menos o perigo de cair havia passado.

— Você está bem aí, velho? — A preocupação de Lint parecia genuína.

Ranat não confiava em si mesmo para falar, então ele apenas deu um leve aceno com a cabeça. O gesto fez a caverna girar novamente, mas não tanto como quando ficou em pé. Ele deu um passo desajeitado em direção à entrada da câmara. Ar fresco, ele pensou. Eu só preciso de ar fresco e talvez uma bebida que não tenha gosto de peixe.

— Bem, hmm... — Lint disse atrás dele.

Algo no tom dele fez Ranat parar e dar meia volta.

— Quer dizer, não vi um encontro nem nada, como o que você disse, mas...

— Sim? — A voz de Ranat saiu em um sussurro rouco, e ele não confiou em si mesmo para olhar para Lint. Ele estava tremendo de novo, desta vez de vergonha. Até algumas semanas atrás, ele não chorava há sessenta anos. Ele sentiu pena nos olhos de quem o observava. Sentiu que seu rosto ficou vermelho.

— Bem, é só que, agora que você me fez pensar sobre isso, havia uma carroça de barril. Uma bem danificada, pintada de verde, veio passando como se fosse apagar um incêndio. O maldito dromedário que puxava a coisa tentou me morder quando eu não saí do caminho rápido o suficiente.

— De qualquer forma, como eu disse, não houve um encontro, mas eles puxaram a carroça até um beco lá perto, bem ao redor da Alameda, meio que puxaram alguma coisa para fora e partiram de novo, voltando por onde vieram. Me lembro de ter pensado que era estranho ver uma carroça de barril àquela hora da noite sem barris nela.

Ranat havia parado de tremer, esquecendo sua vergonha. Ele olhou para Lint com os olhos mais claros do que há muito tempo. — Você não viu o que eles fizeram?

— Fora da carroça? Não. E também não tentei. Parecia algo que não era da minha conta. Isso era tudo que eu precisava saber.

Ranat pressionou as palmas das mãos nos olhos e soltou um suspiro profundo e trêmulo. — Parece que você e aquela garota são mais espertos do que eu, então.

— Hã?

— Não importa. Conseguiu ver o condutor?

— Bem, como eu disse, tentei não prestar atenção. Eram dois deles, no entanto. O condutor e um outro. Usando capuzes. De cabeça baixa. Estava chovendo, então nada de estranho nisso. Ambos grandes e atarracados. Então, novamente, era uma carroça de barril, então nada de estranho nisso também. De qualquer forma, espero que ajude.

Ranat respirou fundo e soltou o ar. — Sim. Obrigado. Isso ajuda. Obrigado. — Ele se virou, parou e voltou novamente, procurando sob o casaco seu último três lados. — Hum, aqui. Eu... obrigado.

Lint pegou e sorriu. — Uau, obrigado. — Ele enfiou a moeda no bolso. — E boa sorte. Com... seja o que for.

Ranat riu, com os olhos tristes. — Seja o que for, é provavelmente a droga da última coisa que vou fazer. Mas obrigado.

O cinza profundo da noite estava desaparecendo quando ele emergiu das passagens, e sumiu antes que ele saísse da Orla para o resto de Fom. Chuva caiu lentamente durante a noite.

Ranat deixou a Orla e caminhou. Ele não parou para beber; não parou para pensar. Ele caminhou com apenas uma fração de sua mente sabendo para onde estava indo. Mas ele sabia o suficiente para parar quando chegasse lá.

As treze Torres da Alfândega tinham mais de mil palmos de altura, cobertas por cúpulas de bronze que às vezes captavam a luz do sol quando a névoa de Fom ficava de uma forma favorável, e os reflexos delas brilhavam abaixo: sóis queimando através da névoa. Grama cobria o terreno plano ao redor delas.

Ele tinha ouvido falar de outros parques em Fom, embora nunca tivesse estado em nenhum deles e não soubesse onde ficavam. Pelo que ele sabia, este era o único lugar onde ele poderia deitar na grama.

Se o Olho estava para fora naquela noite, estava muito envolto em nuvens para lançar sua luz polarizada nas cúpulas. A luz vinha das lâmpadas que se alinhavam nas largas avenidas que seguiam dos arcos das Torres para a cidade. O resmungo indistinto de Fom ergueu-se atrás dele acima do tamborilar da chuva, enquanto à sua frente os navios no porto bufavam e gemiam com a maré alta, escondidos pelos penhascos de calcário sobre os quais as torres ficavam.

A grama lamacenta estava fria e escorregadia sob suas costas. A garoa fazia cócegas em seu rosto, enquanto uma gota de chuva ocasional batia nele. Ele sentiu o cheiro da chuva e da grama, das algas marinhas da baía e do oceano além, da fumaça dos navios a vapor. Ele estava condenado e queria sentir algo verde e que crescia mais uma vez.

Ele era um velho tolo por não ter percebido isso antes. Não, ele pensou. Tolo não. Apenas bêbado. O Hierofante não tinha ido para a Orla. Alguém o largou lá. Eles poderiam ter levado seu dinheiro, seu maldito cinto. Mas eles não fizeram isso. Eles deixaram seu cadáver para que pudessem prender por assassinato quem quer que o tivesse saqueado.

Eles não o mataram pelo dinheiro, então por quê? Ranat só conseguia pensar em uma resposta. Ele era um Hierofante e alguém estava cansado de sua "ajuda".

Ranat estava condenado. Não havia como lutar contra a Igreja. Ele não tinha provas e era um ninguém. Pior do que um ninguém. Ele era um maldito ladrão de túmulos. Ele nem tinha estado nos Livros do Paraíso antes de ser retirado deles. Não havia nada...

Ele interrompeu sua linha de pensamento. Havia algo mais. Trier N'navum morreu com um bilhete escondido em um bolso e seus assassinos não deviam saber disso. Ranat havia se esquecido disso com tudo o que havia acontecido. E o fluxo interminável de bebida descendo por sua garganta também não tinha ajudado.

Ele se levantou com dificuldade e virou o rosto para a chuva, deixando que ela enxaguasse a lama de suas costas e mãos. Então ele se endireitou e voltou para a cidade.

CAPÍTULO SETE

— Nunca ouvi falar do Marquês do Corvo. — Gessa fez uma pausa, olhando para ele, curiosa. — Tem certeza de que está bem?

Ranat havia se esgueirado de volta para seu porão e pego a nota que ele havia tirado do Hierofante. Então ele arriscou colocar a cabeça no bar sem nome, onde ele literalmente esbarrou em Gessa. Sua óbvia alegria ao vê-lo novamente, entretanto, estava se transformando em uma frustração exausta.

— Sim, — ele respondeu à pergunta pela terceira vez. — Eu posso até mesmo resolver tudo isso se conseguir encontrar este lugar. E você? Você está bem?

Ela encolheu os ombros. — Acho que sim. Eu estava preocupada. Você desapareceu e todo mundo estava falando disso. Então aqueles dois caras apareceram...

— Sim, você falou. Mas não fizeram mal a você?

— Não. Apenas fizeram perguntas das quais eles agiam como se já soubessem as respostas. Principalmente não sobre você. Apenas se eu vi você. A maior parte era sobre aquele vendedor a quem lhe apresentei. Eu disse a eles o que eu sabia, o que não era muito. Eles perguntaram onde você morava. Eu menti e disse que não sabia. Então eles foram embora.

— O que disse a eles sobre mim?

— Nada. Só que eu não sabia para onde você tinha ido. Eu não sabia. Ninguém sabia. Depois que soubemos que um oficial havia sido assassinado, pensamos que a Igreja o havia pego por isso, até que começaram a aparecer perguntando sobre você.

— Não tem visto eles por aí ultimamente?

— Você quer dizer os caras que andaram fazendo perguntas? Não. Não há mais de uma semana. Ninguém mais da Igreja também. Eles causaram um rebuliço quando começaram a andar pela vizinhança. Eu teria ouvido se alguém os tivesse visto novamente.

— Certo. Boem. — Ranat desceu do banco. — Você vai pagar por isso? — Ele acenou com a cabeça em direção aos copos vazios na mesa.

— Eu disse que sim. — Ela franziu a testa e ficou de pé ao lado dele. — Espere um minuto, — é isso? Você aparece, me faz pagar alguns drinques e vai embora de novo?

Ele parou e olhou para ela. Nunca ocorreu a ele que ela pudesse realmente se importar. — Gessa, olhe. — Ele começou e parou.

Ela não disse nada, mas deu um passo à frente.

— Gessa, — ele começou novamente. — Eu não sei como as coisas vão acabar, mas... foi... bom... quero dizer com você. Foi muito bom. Eu queria... quero dizer, se as coisas derem certo, então eu vou te encontrar, ou o que for. Até então, todo mundo ainda está procurando por mim... até aqui. Provavelmente... isso não é bom. Para você, quero dizer. Então, eu tenho que ir. Si... sinto muito.

Antes que ele pudesse se virar, ela pegou sua mão, se inclinou para cima e o beijou. — Eu também sinto muito, — disse ela. — Mas espero que você realmente consiga resolver isso. — Ela tentou lhe dar um sorriso, mas o lábio trêmulo a denunciou.

— Sim, — disse Ranat. — Sim. Eu também.

— O que quer dizer com não posso entrar?

O homem parado na porta do Marquês do Corvo era largo o suficiente para preencher a moldura. Ele acariciou seu longo bigode preto enquanto falava. — Como já disse, este estabelecimento é um clube privado. Apenas para membros.

— Certo, — Ranat resmungou. — Você ganhou. Eu quero ser membro.

O homem olhou Ranat de cima a baixo e ajustou o lenço azul escuro amarrado em seu pescoço. — Sim. Bem. O Marquês no momento está... cheio.

Ranat revirolou os olhos. — Está bem.

O Marquês do Corvo ficava em um amplo labirinto de ruas que serpenteiam entre as arenas e a Colina da Catedral. Antes era uma propriedade privada e ficava atrás de um muro alto que escondia um jardim de flores, bancos de madeira e uma pequena piscina com reflexos. Ranat tinha recorrido a perguntar a todos se já tinham ouvido falar dele e, mesmo assim, ele não teve sucesso até que voltou para o vendedor que ele conheceu através de Gessa e perguntou a ele.

Muito prestigioso, dissera o vendedor. Ele não era um membro, mas com frequência pensava em se tornar um.

Se ele decidisse se tornar um membro, Ranat apostava que não estaria "cheio".

Ele saiu pelo pequeno caminho do jardim até as lajes da rua. O portão de bronze fechou atrás dele, embora ele não tivesse visto ninguém por perto. Talvez o porteiro tivesse amarrado uma corda que pudesse puxar.

Ele olhou para a estrada. Passava um pouco do meio-dia e a rua estava movimentada, mas não lotada. Poças se agrupavam ao longo dos espaços entre as lajes, mas as nuvens haviam se dissipado novamente, e algumas manchas de um azul claro se formaram e desapareceram atrás das nuvens altas e sopradas pelo vento.

O quarteirão se estendia em todas as direções. O Marquês do Corvo ficava no meio de um aglomerado de edifícios parecidos. Pelo pouco que ele podia ver sobre os altos muros, pareciam casas, mas, o Marquês também parecia. Ele se perguntou quantos deles eram clubes ou bordéis, ou onde quer que os ricos passavam o tempo.

Ele caminhou ao redor, virando à esquerda do Marquês, depois à esquerda novamente na primeira rua que fazia cruzamento, depois à esquerda uma terceira vez, na esperança de encontrar algum tipo de entrada esquecida nos fundos. Nada. O beco tinha uma longa fila de portões de carroças, todos trancados com barras transversais do outro lado, e ele não tinha certeza de qual pertencia ao Marquês. As paredes entre as casas eram tudo menos retas, então pode ser mais complicado do que contar portas. Isso presumindo que ele conseguisse abrir o portão pelo lado de fora. Ele não tinha como escalar a parede.

Ranat cuspiu nas lajes. Nada nunca era fácil.

Ele encontrou o vendedor mais tarde naquela noite, fechando as pesadas portas de carvalho na frente da loja. O homem deu um pulo quando viu Ranat, quase deixando cair seu chaveiro com chaves de latão.

— Oh. Olá. É bom ver você de novo, — disse o vendedor, soando muito como se não quisesse dizer isso.

— Você não precisa fingir que está feliz em me ver, —

afirmou Ranat, recuando para dar ao vendedor espaço suficiente para trancar as portas. — Mas, preciso de um favor.

O vendedor grunhiu para a fechadura de bronze, com a qual parecia estar tendo problemas, e girou a chave até ouvir um clique suave. Então ele se virou, com a expressão azeda. — Sim. Um favor. Certo. — Ele sorriu enquanto passava por Ranat indo até a rua.

— Ei. — Ranat agarrou o braço do homem. — Lembra de como você me entregou? De que sentiu muito quando pensou que eu tinha vindo para me vingar? Certo. E lembra como não houve vingança? Só fiz algumas perguntas. Agora, você me deve.

— Você me bateu, — choramingou o vendedor, com a voz fraca.

— Sim, e estou tentado a fazer de novo. Olha, eu não estou pedindo muito. Pelo menos, me escute. Não quero que você faça nada que já não queira, certo?

— Como o quê? — O vendedor reuniu o que restava de sua dignidade e olhou Ranat nos olhos.

— Torne-se um membro no Marquês do Corvo.

— O quê? Por quê?

— Porque eu quero que você me leve lá como seu servo. Ou motorista de carruagem, ou o que seja. Eu quero entrar e dar uma olhada. Isso é tudo. Então vou ter uma última chance de salvar minha bunda, e você se torna membro de um clube de prestígio.

O vendedor bufou. — Sim, até que me expulsem por causa do que quer que você vá fazer.

Ranat balançou a cabeça. — Não é isso. Eu não farei nada para te envergonhar. Se você me colocar lá, você não me verá novamente. Se eu for pego fazendo alguma coisa, você pode me denunciar na frente de todos e deixar que me entreguem ao meu destino. Tudo bem, certo? Me coloque lá dentro e o resto é problema meu.

O vendedor pensou nisso por um tempo. — E o que eu ganho com isso?

Ranat encolheu os ombros. — Você se torna membro de um dos clubes privados mais exclusivos de Fom.

O vendedor bufou novamente. — Eu poderia fazer isso de qualquer forma.

— Justo. Então eu prometo a você, se você fizer isso por mim, você nunca vai me ver novamente. Nunca. E se você não fizer isso, vou vir aqui e ficar em sua loja o dia todo. Todo dia. Até você mudar de ideia.

— Eu poderia fazer você ser preso e levado embora.

Ranat encolheu os ombros novamente. — Você poderia fazer isso agora.

O vendedor parou em frente às pesadas portas de ripas da sua loja, olhando para Ranat, que esperava que o vendedor não percebesse seu blefe.

Finalmente, o comerciante suspirou. — Eu nunca mais quero ver você depois disso. Isso será feito, e estamos quites. Você pode vender seu lixo para outra pessoa.

Ranat franziu os lábios e acenou com a cabeça. — Eu não acho que isso será um problema.

— Me dê um tempo. Existe um processo para a inscrição. Eu nem sei o que isso envolve. Volte aqui daqui a uma semana ou dez dias. Se eu não tiver conseguido até lá, pelo menos poderei dizer quando eu vou ter. Ou assim espero.

— Certo, então. — Ranat largou o braço do homem. — Obrigado por isso. Oh, outra coisa.

O vendedor se virou de onde havia começado a descer a rua. — O quê?

— Tem um cara que trabalha lá. Porteiro ou segurança ou algo assim. Um cara grande com um grande bigode preto.

— E?

— Bem, tenho quase certeza de que ele vai me reconhecer se me ver de novo. Quando nós formos, não é bom que ele esteja trabalhando.

— Como diabos vou saber quando ele está trabalhando?

— Não sei. Eu apenas pensei que seria melhor se você soubesse com antecedência.

O vendedor revirou os olhos. — Certo. Algo mais?

— Hum, sim.

— O quê? — A voz do vendedor estava ficando estridente.

— Posso saber seu nome?

Ele fez uma pausa e pensou por um segundo. — Não, — respondeu ele, depois virou e desceu a rua a passos largos. A chuva começou a bater nas pedras.

Ranat sorriu um pouco para as costas do homem. — Sim, — disse ele, baixo demais para o vendedor ouvi-lo. — Justo. Tudo bem.

CAPÍTULO OITO

RANAT VOLTOU À LOJA DO VENDEDOR UMA VEZ POR semana, durante três semanas, até que ele recebeu uma resposta do Marquês do Corvo. Houveram vários testes e cinco entrevistas. No final, eles deram ao comerciante uma adesão provisória — algo que o deixou ainda mais nervoso sobre o plano de Ranat, por assim dizer.

Embora ele insistisse que tinha feito isso apenas para seu próprio interesse, ele também descobriu algumas coisas que achou que Ranat poderia achar úteis.

Primeiro, o homem grande com bigode se chamava Lont e era, de fato, o chefe da segurança. Ele trabalhava em horas regulares e só estava lá à noite para emergências e eventos formais.

O vendedor também descobriuaprendera que criados e afins não podiam passar pelo saguão, mas que sempre havia alguns jogando cartas, esperando por seus mestres ou, se eles sabiam que seria uma longa noite, bebendo nos galpões dos dromedários atrás da casa.

Ambas as possibilidades pareciam boas para Ranat.

O vendedor, desesperado para não perder seu lugar ganho com dificuldade no Marquês do Corvo, insistiu que Ranat pegasse roupas de sua loja que ajudariam o velho a parecer um criado. Não havia nada a ser feito sobre os dentes perdidos, mas Ranat prometeu que só abriria a boca para beber, então o vendedor consentiu que uma muda de roupa poderia ser o suficiente.

O porteiro naquela noite os cumprimentou com uma máscara de respeito que beirava o desdém zombeteiro, mas o vendedor aceitou cordialmente e deixou Ranat vagando pelo saguão e pelo terreno com um último olhar de advertência.

O salão era um oval comprido, com trinta passos de comprimento e dez ou quinze entre a porta da frente e o balcão da recepção. Janelas ocupavam a frente da sala, cobertas por pesadas cortinas rosas e vermelhas. A parede dos fundos foi pintada com um padrão recorrente de corvos angulares e entrelaçados em vermelho e preto. Mesas baixas polidas ficavam à esquerda e à direita da mesa da recepção, rodeadas por almofadas com franjastasseis, estofadas em tecido dourado e bordadas com o mesmo padrão de corvo. A mesa da esquerda estava vazia. À direita, dois homens de aparência entediada em ternos de serviçal jogavam cartas.

A mulher na recepção olhou para ele pelos cílios grossos, sem tirar a atenção do registro. Ranat se aproximou. Em frente a ela, na ampla mesa, estava o livro de assinaturas dos membros, aberto na página mais recente.

Ranat viu o nome do vendedor com um pequeno sorriso e começou a voltar.

— Com licença, — a mulher disse, ainda olhando para ele através dos cílios.

— Oh, desculpe, — murmurou Ranat. — Só estou procurando por nomes famosos.

Ela revirou os olhos para ele e voltou ao trabalho.

Ranat observou mais algumas páginas até que a mulher virou a cabeça para olhá-lo diretamente. — Com licença, — ela disse, as palavras desta vez pronunciadas e gotejando desprezo.

— Desculpe. Desculpe, — Ranat disse novamente, jogando as mãos para cima até os ombros, com as palmas para fora. — Erro meu.

Ela deu um pequeno bufo de escárnio com um movimento de sua cabeça e um nítido revirar de olhos antes de olhar para seu registro novamente.

Ranat deu um aceno de desculpas para o topo da cabeça dela e saiu.

Um caminho de tijolos passava entre a parede da casa e o parapeito que delimitava a propriedade ao lado. Ambos estavam cobertos de hera, e flores e tufos de grama cresciam ao longo do caminho, iluminadas por lâmpadas cobertas de azul entre as trepadeiras. Ranat não tinha visto tanto verde desde que tinha deixado os vinhedos.

O Marquês do Corvo era um monstro enorme, quatro andares de pedra e gesso branco, adicionados ao longo dos séculos até que todo o conceito original fossede forma foi perdido. Ranat contou duzentos e vinte e nove passos da frente da casa até os fundos. Onde a casa terminava, o parapeito continuava por mais duzentos passos, até parar no muro alto do beco e em um par de portões de carroça, um dos quais parecia não ter sido aberto a pelo menos cinquenta anos.

O quintal estava bem cuidado. Um enorme carvalho crescia de um lado, seus galhos mais baixos roçando o topo da parede que delimitava a próxima propriedade. Em frente, encostado na parede do beco, ficava o galpão dos dromedárioscamelos. Longo e baixo, tinha sido construído com o que pareciam ser pedaços aleatórios de madeira não polida, e alguém havia feito uma tentativa desanimada de fazê-lo se misturar com a delicada arte do resto do quintal aplicando tinta verde.

Ele não conseguia ouvir nenhuma voz vinda do galpão, mas convenceu o vendedor a comprar uma garrafa de rum antes de vir para o clube, citando que era o interesse de todos, e o comerciante foi prático o suficiente para ceder. Ranat não tinha nenhum problema em ir ao galpão e transformá-lo em uma festa de uma só pessoa.

O prédio estava escuro, mas destrancado e, se o dromedário bufando dentro dele fosse qualquer indicação, não estava desprovido de vida. Ranat destampou a garrafa e deu um gole. Estava escuro demais para ver, mas ele tateou pelo portão da frente até encontrar um lampião a óleo, e o sílex pendurado em um gancho próximo a ele.

O dromedário bufou de irritação com o clarão repentino. Havia uma fileira de estábulos de ambos os lados, mas apenas duas baias estavam ocupadas: o mal-humorado, uma fera negra e desgrenhada com uma única corcova que olhou para Ranat por cima da porta do estábulo, e a outra ao lado dela, onde um animal menor, cor de areia dormia em pé, alheio ao humor do vizinho. Palha velha e mofada estava espalhada pelo chão de terra batida. Entre as fileiras de estábulos havia uma única carroça de barril de dromedáriocamelo que parecia ter sido construída da mesma maneira que o celeiro, com todos os materiais disponíveis. Ele até tinha o mesmo tom de tinta verde o revestindo, embora na carroça, ele tivesse se desgastado até se tornar um leve verde amarelado cobrindo a madeira cinza.

Ranat se moveu por trás, com cuidado para evitar os dois dromedárioscamelos por uma larga margem. Pelo que ele sabia, o que dormia era ainda mais cruel.

Ele subiu na carroça e se encostou na lateral. Ele estava tão desesperado para entrar no Marquês do Corvo que não tinha pensado no que faria quando chegasse aqui. Seu plano original era ir ao bar onde o Hierofante havia tomado sua última bebida e perguntar por aí, e ele nunca pensou em nada depois que soube que não funcionaria. Ele não achou que o vendedor estaria muito interessado em fazer perguntas por ele — os favores daquele homem foram gastos.

Ranat tinha visto o nome Trier N'navum no livro de visitas antes que a recepcionista o enxotasse, mas isso não adiantou. Ele não tinha ideia se o Hierofante tinha vindo aqui com seu assassino ou separado, ou quem havia chegado primeiro.

Ele colocou a garrafa na carroça entre os joelhos e, quando se abaixou para pegá-la, viu uma mancha escura, desbotada, mas perceptível, espalhada em um círculo irregular de onde ele estava sentado. As bordas estavam borradas como se tivessem sido esfregadas. O que quer que fosse que havia encharcado os veios da madeira, era de um vermelho amarronzado túrgido.

Ranat se endireitou. O dromedáriocamelo preto bufou para ele, enquanto o outro se mexeu durante o sono. Ele saiu correndo do galpão, se lembrando no último momento de apagar o lampião para não queimar a construção, incluindo os dromedárioscamelos e a carroça.

Ele correu até a parede de trás do Marquês do Corvo. A porta da cozinha estava aberta para deixar sair o calor dos fogões. Duas mulheres estavam na porta, experimentando o ar fresco e passando de um lado para o outro um cigarro de pétalas de flores, e exalando a fumaça doce de seus narizes.

Ranat diminuiu a velocidade para uma caminhada quando as viu, e caminhou vagarosamente. Elas acenaram com a cabeça em saudação.

— Nenhuma festa no galpão dos dromedárioscamelos esta noite? — Pperguntou uma jovem com um terno elegante de garçonete.

Ranat sorriu. — Não. Apenas eu. — Ele estendeu a garrafa para elas. A que havia falado balançou a cabeça, mas sua companheira, mais velha e vestindo uma jaqueta de cozinheira manchada, deu de ombros, tomou um gole e devolveu com um aceno de agradecimento.

— Aquela velha carroça de barril ainda vê muita ação? — Ranat sondou, com um tom casual.

— Não sei, — a cozinheira disse. — Eu fico nos fundos. Nunca nem mesmo vi o bar. Cid? Com que frequência você precisa enviar Birk para uma coleta?

Cid encolheu os ombros com uma risadinha triste. — Três, talvez quatro vezes por semana. Talvez menos. Depende. Merda, algumas semanas atrás, quase não conseguimos mandá-lo.

— Por quê? — Ranat fingiu pouco interesse.

— Algum oficial da Igreja. Veio uma noite, requisitou a carroça. "Temporário" disse ele. A coisa acabou desaparecendo quase a noite toda.

— Você pega seus barris à noite?

— Haá! O queê, você é novo na cidade? Se você quer dirigir uma carroça por Fom durante o dia, fique à vontade.

— Ah, sim. Acho que sim, — disse Ranat. — Mas eu vi muitas carroças durante o dia.

Cid zombou como se a ideia fosse absurda. — Sim, e aposto que eles não estavam indo a lugar nenhum rápido também.

— Sim, — Ranat concordou. — É verdade. — Ele fez uma pausa e ofereceu um sorriso rápido. — Então a Igreja pode simplesmente entrar e levar sua carroça? Nunca ouvi falar disso antes.

Cid deu a última tragada e amassou o cigarro fumegante na lama ao lado da porta. — Se eles tiverem a papelada certa, eles podem. Também nunca ouvi falar nisso, mas podem — todas as pessoas certas assinam nos lugares certos e podem fazer quase tudo o que quiserem, eu acho. Eu disse a ele que precisávamos para uma coleta. Ele foi direto ao chefe, acenou com o papel para ele. Dez minutos depois, minha carroça de barril estava saindo pelo portão dos fundos.

— Então, para que eles precisaram da carroça? — Ranat perguntou, indiferente.

Cid encolheu os ombros. — Não sei. Não estava no formulário.

Ranat balançou a cabeça em descrença. — Nunca ouvi falar disso antes, — disse ele novamente. — Você ainda tem ele?

— O quê? O formulário de requisição?

— Sim.

— Em algum lugar, sim. — Ela deu um olhar incrédulo a Ranat. — Por quê? Você quer ver?

— Claro, se não for incômodo.

— Por quê?

Foi a sua vez de encolher os ombros. — Eu não sei. Eu apenas acho essas merdas interessantes. Não apenas que a Igreja pode fazer coisas assim — inferno, eu sei que eles podem fazer o que quiserem — mas o fato de que eles teriam que fazer isso. Parece que eles deveriam ter suas próprias malditas carroças de barril, se é que você me entende.

Ela acenou com a cabeça. — Sim, foi muito estranho. Certo. Me deixe ver se consigo encontrar. Espere aqui.

A mulher mais jovem, que estava ouvindo a conversa em silêncio, se espreguiçou. — Eu vou com você, Cid. Tenho que voltar ao trabalho. — Ela deu um pequeno aceno para Ranat. — Prazer em conhecer você.

As duas desapareceram na parte de trás do Marquês do Corvo, deixando a porta aberta.

Ranat esperou na escuridão do quintal, com o coração batendo forte.

CAPÍTULO NOVE

Ranat vasculhou os livros e papéis empilhados em sua casa, procurando por pedaços do selo de cera preta.

Foi estúpido por ter sido tão descuidado, ele pensou. Ele tinha lido a nota tantas vezes que memorizou a última mensagem escrita para Trier N'navum, mas até agora ele havia ignorado os fragmentos do selo que a mantinham fechada, e todas as vezes que a lia, mais alguns pedaços desmoronaram em seu chão caótico.

Ali, aquilo era... não, apenas outro fragmento de carvão. Ele não sabia de onde vinha todo esse carvão — nunca tinha percebido antes, até agora, quando estava tentando encontrar algo pequeno e preto. Ele nunca havia considerado o quão suja era sua casa; nunca se importou o suficiente para notar.

Ali. Ranat encontrou o maior dos fragmentos de cera que tinha se soltado, enterrado sob um lote de faturas de remessa de madeira desbotada. Ele esvaziou um lugar no chão, se agachou e montou o quebra-cabeça. Não restava nem metade da gota original, mas nem tudo estava lá para começar. Ele passou mais alguns minutos vasculhando, mas aceitou que não encontraria mais nada entre a sujeira e a desordem. A maior parte da árvore moldada no selo estava intacta, junto com um chifre solitário que se ramificava dos restos da cabeça de algum animal. A maior parte da lua crescente que pairava sobre a cena havia sumido. Apenas uma lasca fina de sua borda inferior. Ele esperava que fosse o suficiente.

Ele dobrou a primeira página amarelada da fatura da madeira e juntou as lascas de cera nela. Então ele a dobrou novamente, formando um envelope, e enfiou tudo em sua bolsa de moedas vazia.

Ranat se levantou e tomou um gole da garrafa de rum quase vazia. Ele tinha alguns dias antes do próximo dia público na Biblioteca, e não havia muito o que fazer até lá.

Bem, não. Havia uma coisa que ele podia fazer. Ranat terminou de esvaziar a garrafa e olhou para ela, se perguntando se ele teria a chance de pegar outra.

Não importa, ele pensou. Ele subiu as escadas na chuva, procurando por Gessa.

— *Esse* é o seu plano? — Gessa parecia enojada.

Eles se sentaram em uma mesa no bar sem nome, se inclinando sobre a mesa, mas ainda precisavam gritar um para o outro acima do barulho de vozes que circulavam pela sala. Ranat se perguntou o que estava acontecendo. Ele nunca tinha visto o lugar tão lotado antes, e parecia que a maioria das pessoas se conhecia.

Ele esperou para falar quando um homem parado perto deles soltou uma gargalhada e quase caiu sobre a mesa, quase derramando a bebida de Gessa antes de se endireitar e cambalear.

— É o... — Uma jovem gritou com o que parecia ser dor,

mas tinha uma expressão de prazer. — Você quer sair daqui? — Eele gritou do outro lado da mesa para Gessa.

Ela acenou com a cabeça. Ele a seguiu para fora, levando a garrafa com ele.

— É a melhor coisa em que pude pensar, — ele concluiu quando saíram.

Eles pararam do lado de fora da porta baixa. Gritos e berros de folia passavam por ela.

— É uma ideia terrível, Ranat. — Sua voz era baixa, rouca, depois de gritar em meio à cacofonia do bar.

Ele encolheu os ombros. — Talvez sim.

— Devia ter deixado a cidade, quando todos pensávamos que já tinha morrido.

Ele encolheu os ombros novamente, e não disse nada.

— Não é tarde demais. Ainda pode estar fora de Fom ao amanhecer.

Outro encolher de ombros.

Gessa suspirou. — Você não vai, não é?

— Qual seria o ponto? — Eele perguntou, com a voz baixa. — Para viver meus últimos dias ainda mais sozinho do que estou agora? Enquanto aqui, onde passei minha vida inteira, meu nome está marcado na história por um crime que não é meu?

— Isso importa? Eu sei que você não matou ninguém, Ranat.

— Isso não importa, — disse ele, então estremeceu com suas próprias palavras e pegou a mão dela quando viu como elas a perfuraram. — Quero dizer, — ele emendou — é importante para mim, claro, mas o que acontece quando você se for? Daqui a cem anos, Ranat Totz será apenas um assassino para qualquer um que se incomode em olhar.

— Eu ainda não entendo, — ela murmurou, sem olhar para ele.

— Você é jovem, — suspirou ele.

— Não sou assim tão jovem.

— Comparada a mim, você é. O que quer que eu faça agora, Gessa, só me restam alguns anos. O nome que eu deixar para trás, seja qual for a bagagem associada a ele, é tudo o que tenho.

— Maldição! — Ela tossiu um soluço, enxugou os olhos com as costas das mãos e ergueu os olhos para ele. — Ainda não entendo por que você se importa.

Ranat só conseguiu encolher os ombros novamente. — Vamos, — ele persuadiu. — Ainda é cedo, esta garrafa está quase cheia. Eu não vou a lugar nenhum ainda. Vamos voltar para a minha casa?

Gessa balançou a cabeça, afastou-se um pouco dele. — Não. Bagunçada demais. Vamos para a minha.

O nome do homem que requisitou a carroça de barril era Alonus N'tasal, pelo menos de acordo com a papelada que a garçonete do Marquês do Corvo havia mostrado a ele. Qualquer posição que N'tasal ocupava na Igreja não estava escrita no formulário. Ranat esperava que um nome bastasse.

Ele se sentia tão perto. Tão perto da redenção, mas tão longe. Ele só precisava conectar o selo da carta do Hierofante morto com esse nome, e poderia provar que foi N'tasal quem assassinou Trier N'navum, ou pelo menos alguém que trabalhava para ele.

O problema era que ele estava na Biblioteca desde que as portas se abriram ao público naquela manhã, e não conseguia encontrar o nome Alonus N'tasal em lugar nenhum. Ele começou com as câmaras superiores e desceu até os níveis médios, mas não estava listado em nenhum dos índices.

Em algum lugar fora da Biblioteca do Paraíso e da névoa

que a sufocava, o sol estava afundando no oceano e Ranat estava ficando sem tempo.

Não importa. Ele fez seu caminho para o andar de baixo — ele tinha verificado dezesseis câmaras, até agora. Faltavam duas salas enormes. No Paraíso de Pedra ficavam aqueles que só podiam pagar o mínimo dos Impostos da Salvação e aqueles que podiam pagar mais, mas estavam demasiadocronicamente atrasados em seus pagamentos. Aquela em frente a ele, o segundo mais baixo dos Dezoito Paraísos, o Paraíso da Madeira, mantinha funcionários menores e as crianças do templo que haviam sido retiradas da rua, e os pobres que haviam prestado serviço exemplar à Igreja, ou pelo menos juntaram o suficiente ao longo dos anos para conseguir um nível mais alto do que Pedra. Abaixo estava o Vazio — a tumba que continha os nomes de pequenos criminosos e daqueles que nunca pagaram. Onde o nome de Ranat estivera até sua condenação, mas nenhum oficial da igreja estaria lá.

E quem quer que tenha sido N'tasal, ele também não era pobre nem um funcionário menor. Talvez ele tenha usado um pseudônimo no formulário. Ranat supôs que essa teria sido a coisa esperta a se fazer.

Ele precisava ficar na fila apenas para ver o índice do Paraíso da Madeira, que eram sete volumes de minúsculos nomes impressos. Ele fez uma careta. Sem dúvida, metade deles começava com a letra N.

A campainha de aviso de meia hora ecoou pela Câmara da Madeira no mesmo momento em que Ranat encontrou o nome no enorme livro. A página ainda não havia sido reimpressa e o nome de N'tasal havia sido espremido na margem, a tinta mais escura e mais recente do que os nomes desbotados ao redor.

Ranat correu para a seção do cofre onde N'tasal havia sido incluído. As janelas aqui eram de vidro transparente, mas, fora isso, não tinham nenhuma camada de revestimento, as paredes de mármore austeras eram pintadas de cinza pela luz cada vez mais escura do lado de fora. As prateleiras eram de madeira polida e sem adornos.

Ele encontrou o livro na segunda prateleira e o puxou. O nome N'tasal foi fácil de encontrar. Todos os outros nomes estavam simplesmente listados, mas o de N'tasal estava marcado com seu brasão — um veado parado sob uma árvore sem folhas, sobre a qual pendia uma lua crescente, e marcado com uma nota de rodapé. N'tasal foi rebaixado das Flores para a Madeira após uma "reestruturação por um Hierofante devido a um comportamento impróprio."

Ranat se perguntou o que a reestruturação implicava. Ele não conseguia adivinhar, mas não parecia bom, e resultou na queda de N'tasal em quatorze níveis do Paraíso.

O sino final tocou. Ranat fechou o livro e colocou-o de volta na prateleira antes de sair pelas portas altas da Biblioteca com os outros cidadãos comuns, segurando a bolsa com os fragmentos de cera sob o casaco.

Sua mente disparou. N'tasal organizou o encontro com Trier N'navum e requisitou a carroça que havia despejado o corpo do Hierofante, que ainda tinha as manchas de sangue para provar isso. A vida após a morte de N'tasal também despencou do terceiro Paraíso para o décimo sétimo por meio das ações de um Hierofante anônimo, e haviam apenas cinco. Pelo que Ranat sabia, apenas um tinha estado em Fom.

Parecia tão óbvio que ele queria chorar, mas não sabia se seria o suficiente para alguém como Ranat convencer alguém da Igreja.

CAPÍTULO DEZ

Ele tinha ouvido falar de uma antiga lei quando criança, que dizia que se o acusador fosse membro da hierarquia da Igreja, ele poderia exigir enfrentá-lo. Os camponeses e estrangeiros não tinham essa responsabilidade adicional, mas era justo que o clero fosse considerado um padrão mais elevado.

Ele não conseguia se lembrar de onde tinha ouvido isso. Conversas no vinhedo. Servos contratados discutindo todas as maneiras pelas quais suas vidas eram melhores do que as dos seus senhores, porque pelo menos os camponeses não precisavam carregar o peso da responsabilidade. Ranat sempre viu isso como uma aceitação do destino deles.

Ele também não sabia se era uma lei real ou apenas um boato baseado em algo mal compreendido e mal ouvido que realmente existia. Uma conversa que se espalhou como fogo pelos dormitórios dos servos porque algum camponês queria soar como se soubesse do que estava falando. Ele sempre presumiu que a maior parte do que aprendeura quando criança com os outros servos contratados era o segundo.

Bem, ele estava prestes a descobrir.

Ele pensou em se despedir de Gessa pela última vez, mas decidiu não fazer isso. Ele havia tido o bastante de últimas vezes e de despedidas finais. De qualquer forma, ele tinha a sensação de que isso só tornaria as coisas mais difíceis para ela. Mais difícil para os dois.

Ele se encaminhou para a polícia local para se entregar, mas decidiu não fazer isso também. Seria muito fácil para eles afastá-lo e esquecê-lo, e à velha sacola engordurada com papéeis e fragmentos de cera que ele segurava com as duas mãos.

Chuviscava enquanto ele subia a estrada sinuosa que levava ao topo da Colina da Catedral. A Biblioteca não estava aberta ao público hoje, então o tráfego de pedestres estava leve. Alguns membros da Guarda da Graça marchavam indo e vindo para seus postos, e um fluxo constante e sem pressa de carruagens passavam, com as janelas bloqueadas por cortinas, a chuva pingando dos pelos emaranhados dos dromedários pingando chuva como se fossem riachos de seus pelos emaranhados. Os guardas olharam para Ranat quando o notaram, mas nada mais.

O Salão dos Sábios se erguia em direção ao céu com braços longos e finos de minaretes de mármore branco. Abaixo deles, cúpulas de bronze borbulhavam, sustentadas por pilares polidos de mármore e granito.

Ranat hesitou a dez passos de distância na frente das escadas antigas e gastas. As portas eram moldadas em ferro, com trinta palmos de altura e escancaradas, prontas para engoli-lo. A Guarda da Graça ficava de cada lado, observando, acariciando os cabos de suas facas de cerâmica longas e curvas.

Ele se aproximou das portas e parou na frente dos dois guardas.

Eles continuaram a observar, mas não disseram nada.

Ranat pigarreou. Ele tomou uma decisão consciente de

deixar sua última garrafa de rum em casa; estava quase vazia, de qualquer maneira. Agora, porém, sua garganta estava seca e ele gostaria de a ter trazido. Agora que ele estava aqui, não parecia que ter uma garrafa com ele faria muita diferença.

— Eu fui, — disse ele, tentando manter a voz suave — condenado por assassinar o Hierofante, Trier N'navum.

Demorou um pouco para eles entenderem, mas quando o fizeram, os olhos de ambos os guardas se arregalaram. O da direita estendeu a mão e agarrou Ranat pelo braço como se o velho pudesse decidir se virar e fugir. Ranat não resistiu.

— Ele dever ir para o Fosso, — disse aquele que o agarrou.

— O quê, você vai apenas deixar seu posto e levá-lo para lá você mesmo?

— Bem, não. Tudo bem, então. — Ele se virou para seu companheiro. — Você espera aqui com ele enquanto eu relato isso.

O outro franziu a testa. — *Você* espera aqui.

Mais quatro guardas se aproximaram do outro lado do complexo, por onde estavam caminhando quando viram algo acontecendo em frente ao Salão.

— Senhor, — o primeiro guarda disse à líder dos recém-chegados, uma mulher severa de meia-idade que usava um emblema do sol com oito pontas na gola do seu casaco branco. — Pegamos o assassino do Hierofante, senhor.

A oficial era magra e parecia cansada. Seu capuz estava abaixado, seu cabelo preto fino com mechas grisalhas e achatado pela chuva. Seu nariz estreito e afiado pingava. — Pegaram? Parece que ele se entregou. — Ela olhou para Ranat, desconfiada.

— Bem, independentemente disso, nós o temos aqui. Solicite uma substituição para que eu possa entregá-lo ao Fosso pessoalmente, senhora.

— Eu exijo enfrentar meu acusador, — disse Ranat, calmo, mas firme.

— O quê? — A oficial se virou para Ranat.

O primeiro guarda, ainda agarrado ao braço de Ranat, soltou uma risada cruel. — Exige? Seu assassino pedaço de... — Ele se calou sob o olhar da sua oficial.

— Exijo enfrentar meu acusador, — Ranat disse novamente, mais alto. — Como é meu direito, se meu acusador for membro da Hierarquia.

O guarda agarrou seu braço com mais força e o sacudiu. — O quê? Você acha que é um advogado? Você...

— Não, — a oficial interrompeu. — Não importa quem ele pensa que é. Ele tem razão.

— Mas senhora, nunca ninguém realmente...

— Só porque ninguém reivindica o Direito do Acusado, não significa que o direito não exista.

— Hum. Sim, senhora. — O guarda pareceu concluir que não estava em uma posição para ganhar.

Aprenda a escolher suas batalhas, Ranat queria dizer a ele, mas manteve a boca fechada.

— Leve este homem para uma das salas de interrogatório sob o Salão. Alimente-o se ele estiver com fome. Vou ver se consigo descobrir quem fez as acusações. Se não for da Hierarquia, você pode levá-lo para o Fosso.

— Sim, senhor.a Hum. Isso significa que alguém vai ficar no meu posto?

Ela grunhiu e gesticulou para alguém do esquadrão que esperava. — Ovin, fique na posição deste homem até que ele volte.

Uma onda de medo tomou conta de Ranat quando ele ouviu as palavras "sala de interrogatório" e "sob o palácio" na mesma frase, mas nenhum dispositivo de tortura o aguardava. Apenas uma sala pequena e retangular com janelas altas com grades de ferro, uma mesa estreita e dez cadeiras com almofadas finas ao redor — quatro de cada lado e uma em cada extremidade. O piso era de ladrilhos brancos simples, as paredes de granito polido, sem adornos, exceto pelas lâmpadas cobertas que estavam penduradas em cada canto.

Lhe trouxeram comida: pão preto, caldo oleoso e um pequeno pedaço sem forma de queijo branco e sem sabor. Ele pediu algo para beber, mas eles trouxeram apenas água.

Eles o deixaram sozinho, mas ele sabia que a porta estava trancada e que haveria pelo menos um guarda do lado de fora. Provavelmente dois.

Depois do que pareceu um longo tempo, a porta se abriu com um estalo. Ranat se levantou, com o coração acelerado, mas foi uma mulher diferente que entrou, com dois homens armados a reboque. Ela podia ser tão velha quanto ele, mas tinha envelhecido com muito mais elegância. Seu rosto ainda era liso, seu cabelo ruivo salpicado de prata, caindo em ondas logo abaixo dos ombros. Ela usava vestes vermelhas e brancas que sussurravam enquanto roçavam o chão: as vestes de um magistrado.

Ele hesitou. — N'tasal?

A mulher sorriu e arqueou as sobrancelhas enquanto se sentava na ponta da mesa. Os guardas estavam atrás dela, os olhos treinados em Ranat, que se acomodou na cadeira na extremidade oposta.

— Não. — Sua voz era mais profunda do que Ranat esperava. — Mas acho interessante que você saiba o nome do homem que apresentou a acusação de assassinato contra você.

Ele encolheu os ombros para ela. Ela parecia divertida com

a falta de educação, mas esperou que ele falasse.

— Eu conheço meu direito. Quero ver o meu acusador.

Ela sorriu. — E eu quero saber como um mendigo da Orla, que nunca pagou seus Impostos da Salvação, veio a saber tanto sobre a obscura lei da Igreja. Mas muitas vezes não conseguimos o que queremos, não é? Independentemente disso, — ela continuou, interrompendo Ranat, que estava prestes a se opor — você terá seu direito concedido. Eventualmente. Isso pode, no entanto, ajudar sua causa se soubermos o motivo da sua demanda.

— Você é a Graça? — Ranat mudou de assunto de repente.

A risada da mulher foi genuína. Um ruído feminino encheu a sala. — Não, não sou. Apenas uma magistrada, aqui para observar o desdobramento das Leis do Paraíso.

Ranat acenou com a cabeça. — Se meu acusador for Alonus N'tasal, então essa é mais uma prova de que ele é o assassino. Ou, pelo menos, quem orquestrou o assassinato. Duvido que tenha sido ele quem esfaqueou.

— Mais uma prova? Então você diz que tem mais? Porque, devo dizer, embora não ametenha amor para com N'tasal, a quem conheço, sua primeira prova é bastante circunstancial.

Ranat enfiou a mão na bolsa e tirou a carta e os fragmentos de cera. — Eu encontrei isso no Hierofante. Sobrou o suficiente do selo para que você possa dizer que é de N'tasal. Eu não o matei. Eu só... — Ele ficou em silêncio.

A magistrada arqueou uma sobrancelha. — Só saqueou o corpo? — Ela pegou a carta.

Enquanto ela lia, Ranat continuou. — No clube mencionado nessaquela carta, — O Marquês do Corvo, — N'tasal assinou uma requisição para que seus capangas pudessem levar a carroça de barril deles para jogar o corpo perto da Orla. Envie alguém para verificar — as manchas de sangue na parte de trás da carroça e a papelada ainda estão lá.

A mulher tinha parado de olhar a carta para examinar os fragmentos de cera e olhou para cima. — É mesmo?

Ranat sentiu seu triunfo crescer. — Sim. Ele mesmo assinou a requisição. Todas as datas se alinham. Parece que N'tasal não estava se dando bem com seu chefe.

Naquele momento, a porta se abriu e outro homem, grunhindo baixinho, entrou na sala. Ele era corpulento e quase totalmente careca. Suas bochechas raspadas brilhavam com gotas de chuva. Atrás dele estavam os dois homens que prenderam Ranat pela primeira vez no que parecia ser há muito tempo e, atrás deles, do lado de fora da porta, estava a oficial que ordenou aos guardas que trouxessem Ranat para a sala de interrogatório.

— O que diabos é isso? — Oo novo homem cuspiu, ainda pairando na porta como se presumisse que não demoraria o suficiente para se preocupar em sentar. — Quem diabos é esse vagabundo? — Eele gesticulou em direção a Ranat com a cabeça.

Uma mistura de reconhecimento e preocupação retorceu os rostos dos dois homens atrás dele.

— Este é o homem que você acusou de assassinar o Hierofante Trier N'navum, Alonus. Ele trouxe à tona alguns pontos interessantes.

— Magistrada Vaylis, — N'tasal se virou para a mulher como se a notasse pela primeira vez. — Por que você está falando com esse assassino? Ele já foi condenado. Jogue-o no Fosso para que eu possa voltar ao trabalho. Meu navio parte amanhã. Não tenho tempo para isso. — Ele se virou para ir embora.

— Ele invocou o Direito do Acusado.

N'tasal zombou. — Mas ele já foi condenado!

— Você sabe tão bem quanto eu, pelo Direito, isso não importa.

— Certo. Aqui estou. — Ele deu um passo para dentro da sala e se virou para Ranat, o rosto e as orelhas ficando vermelhos. — Você quer ver seu acusador? Aqui estou. — Ele apontou um dedo rechonchudo para Ranat e se voltou para a magistrada. — Pronto. Culpado.

— Eu imagino, — disse Ranat, se chocando com a calma em sua voz, — que aqueles dois homens ali... — ele apontou para os dois guarda-costas atrás de N'tasal — seriam identificados pelos funcionários do bar do Marquês do Corvo como os mesmos dois que requisitaram a carroça de barril na noite em que assassinaram o Hierofante. — Ele fez uma pausa, olhando para a magistrada. — Se você fosse perguntar, é claro.

— O quê? — A cabeça de N'tasal estava tão vermelha quanto o nariz de Ranat.

— O que, de fato, Alonus, — a magistrada disse, com a voz calma. — O que você vê aqui na mesa na minha frente?

— O que você... — A voz de N'tasal sumiu, quando pela primeira vez, ele pegou os objetos sobre a mesa. Seus guarda-costas se mexeram atrás dele.

O gordo Eclesiástico bateu na mesa, com os olhos selvagens. Sua expressão se contorceu quando ele olhou primeiro para Ranat, depois para a magistrada. — Isso é uma piada! Isso não é evidência. Nada disso! Istso, — ele pegou a carta e a balançou sobre a mesa. Mais alguns pedaços de cera voaram, fazendo pequenos sons enquanto choviam no chão de ladrilhos. — Não significa nada! Tudo isso não tem sentido. Você não pode acreditar na palavra deste camponês sobre a minha! Ele já foi condenado! Isso, — tudo isso não tem sentido. — Ele parou de falar novamente, ofegando.

— Eu acho, — ela observou — pelo jeito como você está se repetindo, que você acredita em tudo menos isso. — Ela gesticulou em direção ao corredor, onde a oficial da frente do palácio ainda estava. — Com licença, senhora. Não sei seu nome.

— Mallin, Magistrada. — A mulher fez uma pequena reverência. — Capitã Mallin.

— Capitã, por favor, faça com que seus homens prendam esses três. Deixe-os nas celas até que um julgamento possa ser marcado.

— Sim, Magistrada.

Os dois guardas de N'tasal haviam se preparado para fugir ao ouvir as palavras da magistrada, mas a julgar pelos sons de luta no corredor, não tinham ido longe. O próprio N'tasal ainda estava no mesmo lugar, exalando indignação.

A magistrada Vaylis se virou para ele novamente e suspirou. — Oh, Alonus. Parece que o Paraíso da Madeira ainda não era baixo o suficiente para você.

Com isso, a Capitã Mallin o levou embora.

A magistrada se virou para Ranat, que estava sentado assistindo ao espetáculo se desenrolar com grande diversão.

— Ainda há a questão da sua condenação. — Os olhos dela estavam tristes.

Ranat acenou com a cabeça. Um nó se formou em sua garganta e sua alegria sumiu.

— Você parece saber o suficiente sobre as leis da Igreja para torná-lo um homem nobre por ter voltado aqui com a verdade.

Ele deu de ombros e apertou as mãos repentinamente trêmulas na frente dele.

— Está além até mesmo do poder da Graça anular uma sentença. Você deve entender, a Igreja é infalível. E deve permanecer sempre assim.

Ranat confiou em si mesmo para dar apenas um pequeno aceno com a cabeça. Mesmo sabendo o que iria acontecer, era difícil ver todas as pequenas estrelas de esperança desaparecerem, uma por uma, em sua mente.

— Você será, é claro, poupado do Fosso.

Ranat piscou as lágrimas dos seus olhos e acenou com a cabeça, concentrado na mesa à sua frente.

A magistrada Vaylis mastigou o lábio por um momento antes de continuar. Ranat olhou para cima e pensou ter visto também uma lágrima no olho dela, mas talvez tenha sido apenas um reflexo, porque quando olhou novamente, tinha desaparecido.

— Ficará detido no Salão dos Sábios até ao final do julgamento de N'tasal, no qual ele será considerado culpado se as coisas que me disse forem verdadeiras. Nesse momento, você será enforcado. Em particular. Nenhuma condenação será lida em voz alta. Apenas o seu nome, que será então escrito no Paraíso da Luz como um mártir.

Ranat acenou novamente com a cabeça. Ele limpou o rosto e forçou um sorriso.

— Lamento não poder fazer mais por você, Ranat Totz.

Ele desviou os olhos da textura da mesa e os ergueu para a magistrada. — Você fez mais do que eu esperava, eu acho.

O sorriso que ela deu a ele foi gentil. — O Paraíso da Luz espera por você, Ranat Totz. Nem eu mesma posso dizer o mesmo.

Ele riu. Uma risada sincera que ele não esperava. Explodiu dele e pareceu tirar o grande peso de sua vida. — Sim. Talvez. Não era disso que eu estava falando, no entanto. Você me devolveu meu nome, — anexou algo a ele que vale a pena deixar para trás. Engraçado, nunca pensei sobre o quanto isso importava até que foi tirado de mim.

A magistrada Vaylis sorriu novamente. — O mundo terá uma perda sem você, Ranat Totz. Você é um homem sábio.

Ranat sorriu, mostrando a lacuna de seus dentes perdidos, e corou com o elogio, mas tudo o que disse foi: — Não. Não, eu não sou. Mas, obrigado.

Caro leitor,

Esperamos que você tenha gostado de ler *Dentro De Um Nome*. Reserve um momento para deixar uma crítica, mesmo que curta. A sua opinião é importante para nós.

Atenciosamente,

R.A. Fisher e Next Chapter Team

Dentro De Um Nome
ISBN: 978-4-82410-630-8

Publicado por
Next Chapter
1-60-20 Minami-Otsuka
170-0005 Toshima-Ku, Tokyo
+818035793528

15 setembro 2021

www.ingramcontent.com/pod-product-compliance
Lightning Source LLC
LaVergne TN
LVHW041457190726
843491LV00008B/2414

* 9 7 8 4 8 2 4 1 0 6 3 0 8 *